buvard

Graphisme de couverture : Olivier Douzou
Photographie de couverture : © Amaury da Cunha

www.lerouergue.com

Julia Kerninon

buvard

Une biographie de Caroline N. Spacek

la brune au rouergue

À la mémoire de Ginger.

Nous croyons que nous pouvons
être abandonnés [...].

Thomas Bernhard, *Maîtres anciens.*

J'ai rencontré Caroline N. Spacek cet été torride, il y a un an. Après avoir lu tous ses livres d'une traite, j'avais fini par lui envoyer une lettre *via* sa maison d'édition lui demandant si elle accepterait de m'accorder une interview. L'interview s'est avérée tellement longue que ce livre en a découlé – puisque je suis arrivé chez elle un après-midi de juillet et reparti seulement en septembre, au terme de neuf semaines passées avec elle sous sa véranda à boire et parler et boire et parler et remettre inlassablement des piles dans le dictaphone.

L'été dernier, j'avais vingt-quatre ans et Caroline en avait trente-neuf – mais quand elle descendait me rejoindre pour le petit déjeuner dans le salon, gracile, pieds nus en kimono dans le soleil et la fraîcheur encore inaltérée de sept heures, on lui en aurait donné quinze à peine. Dans la journée, elle me quittait pour aller écrire, et après le dîner, sur la terrasse éclairée par les bougies antimoustiques, les traits accusés de son visage semblaient ceux d'une squaw centenaire, mystérieusement blonde, et exténuée. Elle semblait vieillir au fur et à mesure de la journée, et je trouvais merveilleuse cette manière qu'elle avait d'être neuve tous les matins et vénérable tous les soirs, cette régularité qui faisait une boucle comme si sa vie n'arrêtait pas de recommencer pendant qu'elle me la racontait.

Elle vivait depuis déjà presque quatre ans dans cette propriété aux abords d'Exeter, dans le Devon. Elle avait acheté la maison avec les droits de l'adaptation cinématographique de son septième roman, *Tu ne m'auras jamais*. En me faisant visiter, Caroline m'avait dit que même si elle l'adorait, la baraque ne valait pas ce qu'elle avait donné en échange, vu le film *pourri* qu'ils avaient tiré du roman.

Située sur une hauteur, la maison était entourée d'une galerie sur laquelle Caroline avait installé des fauteuils et une balancelle. Dans le jardin, il y avait des pêchers, des pommiers et des roses-thé, deux cerisiers, un magnolia – *Mon idée de la richesse, c'est un palmier dans le jardin,* elle disait, et il y en avait un. À l'intérieur, dans le salon baigné de lumière pratiquement toute la journée, deux canapés en cuir brun, une table basse, une table haute, un poêle en faïence, et des étagères et des étagères de livres, couvrant deux murs entiers. Caroline disait : *J'ai la bibliothèque. Tu vois ? Tout ça, c'était à lui, et c'est à moi aujourd'hui. Dans la joie, dans la douleur, dans la santé et dans la maladie – légataire universelle.* Un peu partout, il y avait aussi ces trucs que j'avais d'abord pris pour des moulages en plâtre, mais qui s'étaient avérés être des sculptures de marbre. Cuisine américaine, avec un bar en teck et du carrelage à motifs. À l'étage, la salle de bains, deux chambres, celle où je dormais cet été-là et la sienne, et puis son bureau, lequel était pratiquement vide à l'exception d'une table, une chaise, une machine à écrire, et une affiche du film *Attack of the 50 ft. Woman,* sur laquelle une walkyrie bronzée en bikini blanc écrase une voiture de police entre ses ongles aiguisés. Caroline disait, en haussant les épaules : *Quand les journalistes parlent de localiser l'origine de l'écriture, je voudrais leur montrer mon bureau.*

Ce premier jour, gravissant la légère côte d'herbe jusqu'à la maison, j'essayais de me rappeler pourquoi j'avais décidé de l'interviewer. Son nom était entouré du nuage de poussière qu'aurait laissé un troupeau au galop, ce qui expliquait peut-être que je ne l'avais pas lue plus tôt. Je venais de finir ma première année de thèse, et j'avais ouvert un livre d'elle par hasard, parce que le titre m'avait plu, *Hamac,* et dans ce livre-là et tous les autres que j'avais lus dans la foulée, happé, il y avait quelque chose qui m'avait frappé, frappé comme avec un poing obstinément fermé. J'avais passé cinq jours dans un fauteuil à lire son œuvre intégrale, et j'étais en train de finir le dernier quand mon amant, Piet, m'avait pris dans ses bras pour me demander *ce qui m'arrivait* – et c'était tellement difficile à expliquer que j'avais commencé à penser qu'il faudrait que je trouve un moyen de parler à Caroline N. Spacek. Lui faire ouvrir les doigts. Savoir ce qu'elle dissimulait au creux de sa paume.

Dans sa grande sagesse, Piet avait essayé toutes sortes d'arguments solides pour me dissuader, mais quand *elle* m'avait envoyé son adresse par retour de courrier, il m'avait conduit à Schiphol sans discuter, bouche bée. J'avais voyagé de longues heures blanches en me demandant par quel miracle elle avait accepté de me recevoir, et j'étais arrivé là.

Elle m'attendait sur la galerie, au premier regard plus grande que ce que j'avais imaginé – je me rappelle avoir été frappé quand je l'ai vue, parce que bizarrement, elle m'avait fait un peu l'impression d'un enfant que j'aurais quitté des années auparavant et dont je n'avais pas pu prévoir la croissance avant de la trouver là debout devant moi, prête à tout m'expliquer – presque tout.

PARTIE 1

Après s'être levée pour me serrer la main, Caroline s'était assise sur un fauteuil au soleil, dehors, et m'avait désigné le siège près du sien. Posé là, enfin immobile après le trajet cahotant en bus d'Exeter jusqu'au trou d'herbe où elle vivait, j'avais soudain douté de la justesse de ma présence ici. La femme qui me faisait face maintenant – yeux d'acier, jambes interminables dans un pantalon laissant voir deux pieds aux ongles laqués de rose rouge – ressemblait tellement peu à un écrivain qu'il paraissait absurde que j'aie pu vouloir à un moment l'interroger au sujet de *son œuvre,* pousser l'indélicatesse jusqu'à pénétrer sa propriété pour la questionner, elle, à propos de livres portant son nom. J'avais été à deux doigts de me relever, demander pardon pour lui avoir fait perdre son temps, et repartir en sens inverse, confus, mais Caroline N. Spacek ne m'avait pas laissé le choix :

– Alors, mon lapin, par où est-ce que tu veux commencer ?

Elle souriait en parlant, d'un sourire un peu féroce, alors j'avais balbutié que j'avais apporté un dictaphone.

– Très bien.

Elle avait tendu la main et je n'avais rien pu faire d'autre que lui remettre la machine. Elle s'était assurée de la présence d'une cassette, avant de presser le bouton REC d'un geste sûr.

Même ses mains étaient bronzées. Elle les avait croisées derrière sa nuque, comme pour me dire : *Allons-y. Tu as voulu voir à quoi ressemblait un écrivain ? Je t'attends.* Mais à ce moment-là, j'étais resté muet.

Comme si la regarder ne me demandait pas déjà toute mon énergie. Après tout, c'était la première fois de ma vie que je voyais un écrivain d'aussi près, et rien ne m'avait préparé à ça. Caroline me regardait aussi, et finalement, elle avait eu un petit rire.

– Et voilà. Vous êtes tous les mêmes. Vous m'envoyez vos atroces petites lettres qui me donnent l'impression que votre survie dépend de moi, je vous fais venir, je prends le temps pour ça, et une fois arrivés ici vous restez collés à me mater comme des imbéciles. Et c'est pathétique. Fais-le savoir, quand tu partiras d'ici. Va leur dire de ma part que je ne suis à personne d'autre que moi et que je ne réponds pas au téléphone. Que je ne donne rien et que je ne reçois plus personne. Moi non plus, je ne sortirai plus de mon lit pour moins de dix mille dollars – parce que dans mon lit, je travaille. Et il n'y a rien qui m'intéresse davantage aujourd'hui. Dis-leur. Et qu'ils me laissent en paix.

Elle avait dit tout ça d'un ton extraordinairement calme, en enfonçant ses yeux dans les miens comme des clous, détendue, campée confortablement dans son fauteuil, une cigarette à la bouche. C'était un mensonge – il y avait des années qu'elle n'avait reçu personne – mais dans ma confusion, je l'avais oublié, et ses reproches m'avaient frappé de plein fouet. J'avais rougi de honte, parce que je ne savais pas comment lui expliquer à quel point elle était intimidante. J'étais resté silencieux sous l'attaque, et je devais avoir l'air vraiment pitoyable comme ça – parce qu'alors, avant que j'aie le temps de comprendre ce qui se passait, Caroline avait éteint la machine et s'était mise à parler.

« Ma mère devait peser un peu moins de cent kilos. Je pensais qu'elle était la plus grosse femme du monde – en tout cas c'était la plus grosse de la prairie et jusqu'à ce que j'aie dix-huit ans la prairie était le monde. Je dis *prairie* mais c'était pas une prairie – c'était plutôt un terrain avec un point d'eau au milieu des champs de maïs, avec d'un côté le camp des voyageurs où vivaient les enfants Lang et les enfants Trocadéro qui étaient mes amis et de l'autre côté la maison en dur de mes parents qui étaient mes ennemis. Ma mère, c'était de la graisse en bikini et après la dixième tasse en plastique de ma dînette qu'elle avait explosée en s'asseyant dessus sans regarder, j'avais décidé d'arrêter d'espérer que ça s'arrange un jour. Mon père – mon père cloué au lit par des infections urinaires, le sac jaune scotché à sa cuisse sous le jogging peau de pêche, et l'alcool qu'il m'envoyait chercher à la station-service pour en remplir des petits verres qu'il finissait invariablement par vider par la fenêtre. *Pourquoi il fait ça ?* m'avait demandé ma copine Vanessa Trocadéro un jour où elle l'avait vu. *Je sais pas,* j'avais dit, et mon père avait regardé Vanessa de haut en bas et il avait dit *Si j'avais vingt ans de moins* et Vanessa lui avait répondu *Si t'avais vingt ans de moins, ce serait toujours un râteau, vieil homme,* et alors j'étais partie avec elle sans me retourner rejoindre les trois frères Lang – Anthony Bel-Air, Mick Esteban, Elvis Romano. Ensemble, on allait chercher de la caillasse dans le sable avec un détecteur à métaux, on allait voler aussi des rails de train, les arracher du sol au pied-de-biche – je veux dire, on faisait vraiment ça, c'était notre activité – nous, on ne faisait pas de patinage artistique ni de canasson, mais on partait tôt le matin avec une caisse à outils et un sac de sandwichs, Vanessa et moi et les Lang qui nous disaient tout le temps qu'on était *fraîches,* même en hiver quand on était plutôt gelées dans les containers de chantier qui nous servaient de salle de classe après que le toit de l'école s'était effondré sous la neige, ou en été quand on fondait sur place en regardant les hérissons rôtir au-dessus d'un feu de camp, ils disaient toujours *fraîches* et toute ma vie j'ai aimé que les choses soient constantes, j'ai toujours préféré la régularité qui n'est pas une chose très facile à préférer – mais peut-être que j'aimais que les choses soient stables parce qu'elles ne l'étaient pas souvent. À l'école, on se faisait la courte échelle pour se barrer dès qu'on pouvait et j'y ai pensé après à chaque fois quand dans les symposiums un abruti en costume m'a dit *Vous pouvez compter sur notre soutien* et que je sentais sa main molle et tiède dans la mienne. *Mais tu te fous de moi – qu'est-ce que tu crois pouvoir* soutenir *avec des mains comme ça,* j'ai eu envie de demander des dizaines de fois – mais c'était beaucoup plus tard et j'avais changé et ne plus répondre au téléphone était devenu ma nouvelle tactique, et ça l'est toujours. Il n'y a pas beaucoup de choses qui rivalisent avec le silence et aucune avec celui d'Elvis Romano Lang quand il faisait des ronds avec ses hanches pour venir plus profond, essayer d'aller plus loin, ça tapait à l'intérieur, des heures plus tard, et ça se confondait avec mon cœur, avec le bruit sourd des épis de maïs s'entrechoquant au-dessus de nous, dans la prairie à l'odeur d'essence. Des trois frères Lang, Elvis était mon préféré, le fils du milieu, c'était le plus énervé, il paraissait à vue d'œil moins baraqué et pourtant c'est lui dont le destin finirait par se fondre dans la boxe – mais c'est arrivé plus tard, longtemps après cet été où tous les soirs j'allais chercher Mick à la sortie de l'abattoir où il travaillait à racler les restes de viande et le jus sur le sol qui étaient ensuite compressés pour faire des hamburgers. Il n'en revenait pas de toucher de l'argent pour balayer du sang sur le sol sale et que ce soit légal, que quelque chose comme ça qui implique des animaux tués en gros et du sang frais soit davantage toléré que de dealer du métal à Anton le ferrailleur – et pendant ce temps-là, moi, à quatre pattes, tous les soirs, je lessivais au chlore le parquet du rade où je faisais mes armes, c'était l'été de mes dix-huit ans, et je l'ai passé à genoux. Quand on se retrouvait, on hurlait dans le vent de la plaine industrielle, on en avait *marre* de laver, on voulait quelque chose à notre mesure, on ne voulait pas quelque chose à notre portée, parce que personne d'autre que nous ne devrait pouvoir se prononcer à notre place sur ce qui est à notre portée, et de ça je suis toujours aussi persuadée que je l'étais le jour où ce drôle de type s'est pointé au café. Il ne collait pas du tout avec le décor, mais il est resté à boire son jus de tomate tout seul au comptoir en me regardant. Au bout d'un moment, il m'a dit que je tapais drôlement vite sur ma caisse enregistreuse, est-ce que je taperais aussi vite sur une machine à écrire ? *Pour taper, je suis toujours là.* Ça l'a fait sourire, mais c'est parce qu'il ne savait pas pour mes deux bras cassés une fois chacun avant mon dixième anniversaire. *Alors j'ai du travail pour toi, petite,* il m'a dit. *Vous pouvez toujours courir. J'ai déjà du travail,* j'ai répondu en lui montrant le café, mon domaine, et quand ça l'a fait rire j'ai remarqué que c'était la première fois que je voyais un adulte avec toutes ses dents. *Pourquoi est-ce que vous voulez que je tape à la machine, d'abord ?* j'ai demandé, cabrée. – *Parce que je voudrais que tu sois ma secrétaire.* J'ai réfléchi un peu et je lui ai demandé s'il était businessman. Il m'a dit de réfléchir mieux. *Allez vous faire foutre,* j'ai répondu. – *Je suis écrivain,* il m'a dit d'un coup. – *Grand bien vous fasse. Moi, je suis occupée.* – *Tu es dure,* il m'avait dit. *Tu es dure comme de la terre et tu es rapide et je voudrais que tu viennes avec moi. Je te le dis pour la dernière fois.* Ça m'avait secouée un peu, son truc. – *Vous parlez à toutes les filles comme ça ?* – *Non,* il avait dit. J'avais réfléchi un petit peu. Je ne comprenais pas vraiment ce qu'il voulait mais je comprenais qu'il me proposait quelque chose d'inédit – quelque chose qui ne se représenterait plus à moi si je le refusais maintenant. Et si je changeais d'avis, je pourrais toujours partir. S'il m'attaquait, je pourrais toujours me défendre. Je pourrais toujours le mordre. Je l'avais regardé pour en être sûre, mais il n'avait pas l'air très fort. Il avait l'air compliqué et ému – un mélange qui était nouveau aussi pour moi. *Il ne faudrait pas qu'on rate le train,* il avait dit tout bas pendant que je mesurais les options, et ça m'avait décidée, parce que je n'avais encore jamais pris le train. Alors quand il m'a tendu la main par-dessus le bar je l'ai serrée solidement, et je n'avais pas la moindre idée que les doigts tenant les miens allaient écrire, dans les années à venir, ces textes que je finirais par connaître mieux que mon propre prénom et qui me rendraient extraordinairement heureuse. J'avais dix-huit ans. J'étais fraîche et dure et je ne savais rien. Ma mère mangeait trop et mon père jetait de l'alcool par la fenêtre. Nous coulions par le fond dans une confusion que, même dans les années à venir, très loin de là, je n'arriverais jamais à retracer telle qu'elle avait été.

Quand Caroline avait arrêté de parler, on s'était dévisagés, tous les deux légèrement fourbus, apeurés, comme si ce qu'on venait de commencer à déterrer ensemble, le passé, nous effrayait déjà par son immensité. J'avais fini par murmurer :

– Vous parlez bien.

Parce que peut-être j'avais du mal à croire que tout ce qu'elle venait de dire lui soit venu naturellement, aussi précis, aussi bien ordonné. On aurait plutôt dit des fragments de quelque chose qu'elle aurait déjà composé et appris par cœur en vue du jour où elle aurait à se prononcer, parce que le temps qu'elle avait employé n'était pas celui de la conversation – c'était celui des écrivains, le temps de la fiction. Tout ce qu'elle avait raconté aurait aussi bien pu être un passage dans un de ses livres. Mais même ma remarque, elle devait l'avoir prévue, puisqu'elle avait gémi, moqueuse :

– Je parle bien, oui. Je sais faire des phrases. Encore heureux. Je suis *écrivain*, bon Dieu.

Et elle m'avait touché-coulé. Elle m'avait coincé avec une phrase aussi simple et je m'étais senti brutal d'avoir osé mettre quelque chose en doute simplement parce que ça me paraissait trop éclatant pour être vrai – et alors j'avais chuchoté à nouveau, encore plus bas si c'était possible :

– Vous avez beaucoup de souvenirs.

– C'est ça.

Elle s'était calée en arrière dans son fauteuil, apparemment soulagée de la rapidité avec laquelle j'avais déposé les armes, et pour ça j'avais recommencé à douter d'elle, brièvement. Elle avait vidé son verre d'un trait avant de reprendre, tranchante, d'une précision et d'une intensité inouïes, venant de cette silhouette de femme dans la fin d'après-midi chaude et pleine d'insectes – et elle avait eu les derniers mots, après avoir appuyé à nouveau sur la touche REC :

– C'est ça. J'ai des souvenirs, et c'est une bonne chose de ne pas en avoir davantage.

Quand je m'étais réveillé le lendemain matin, je ne savais pas à quoi m'attendre. Dans la nuit, j'avais réécouté une cinquantaine de fois cette dernière phrase qu'elle m'avait dite la veille – la seule, en fait, dont je disposais à ce moment-là sur ma cassette. *J'ai des souvenirs, et c'est une bonne chose de ne pas en avoir davantage.* Je n'étais pas sûr qu'elle accepte de continuer à me parler après avoir dit ça qui sonnait comme une déclaration de guerre. Qu'est-ce qu'on pouvait espérer apprendre de quelqu'un qui faisait ce genre de déposition ? Qu'est-ce que c'était que cet écrivain qui parlait de manger des hérissons ? Caroline N. Spacek – et je devais me le répéter pour y croire. Sa prose splendide – sa voix de fumeuse. Sa carrière exemplaire – sa prairie boueuse. J'avais fait tout ce chemin pour comprendre, et je me retrouvais encore plus désorienté qu'avant.

Et puis je mourais de faim. J'avais enfilé mes vêtements de la veille et descendu les escaliers sur la pointe des pieds. L'air venant d'en bas était plein de chaleur et de cannelle. J'avais trouvé Caroline dans la cuisine, assise en kimono sur un tabouret, devant un cendrier rempli et une pile de crêpes.

– Bonjour, elle m'avait lancé sans lever les yeux de son journal. Comment tu t'appelles, déjà ? J'ai fait des pancakes.

– Lou.

– OK, Lou. Mange des pancakes.

On avait pris le petit déjeuner tous les deux, sur le bar. Je n'avais jamais mangé de pancakes de ma vie, mais j'avais imité Caroline après l'avoir regardée les entasser dans son assiette, j'avais mis du sirop d'érable et du beurre entre chaque crêpe comme elle, et c'était bon. Caroline lisait la presse anglaise en silence, et je me demandais si elle continuerait à me parler aujourd'hui. Dans la nuit j'avais tenté de retranscrire ses paroles sur mon bloc-notes, et je pensais avoir réussi, dans une certaine mesure, mais je n'arrivais pas à savoir si c'était une bonne nouvelle ou pas. Si je n'avais pas imaginé tout ça. J'étais venu ici pour interviewer l'écrivain inoubliable qu'elle était, et tout ce que j'avais jusqu'à présent c'était cinq pages d'annotations éparses, hors sujet, et la bouche pleine de sucre. Est-ce qu'elle m'en dirait plus, ou est-ce qu'elle se moquait de moi ? Est-ce qu'elle avait fait exprès de me jeter tout ça au visage avant de m'envoyer me coucher comme si rien n'était arrivé ? Est-ce qu'elle allait me laisser sur ma faim, est-ce qu'elle m'avait dit tout ça seulement pour m'impressionner, pour m'éprouver, ou parce qu'elle savait que je ne pourrais rien tirer de valable de ses histoires étranges de détecteur de métaux ? Est-ce que ce qu'elle m'avait raconté était vrai, simplement ? Est-ce que c'était possible qu'un écrivain ait ce genre de passé-là ? Ou est-ce que ce n'était pas plutôt une légende qu'elle avait élaborée pour exagérer l'ampleur de sa trajectoire ? Cette femme que j'avais vue la veille, si solide, si parfaite dans le coucher de soleil, est-ce qu'elle pouvait vraiment avoir été en même temps cette enfant déchaînée qu'elle m'avait décrite, et aussi ce visage de marbre que j'avais aperçu, plusieurs fois, avant de venir, photographié dans des journaux, impitoyable, oiseau de proie portant rouge à lèvres, ce visage que j'avais toujours pris pour le sien jusqu'à hier ? Je commençais à penser que j'avais été présomptueux, que ce n'était pas si facile que ça d'interviewer un écrivain, puisque la vérité n'était jamais une base pour eux, mais plutôt une destination, puisqu'ils maîtrisaient si bien la fiction que tout ce qu'ils pouvaient imaginer sonnait vrai.

Non. Je savais que c'était vrai. Depuis le début. Parce que ses livres comme sa voix parlaient, à mots couverts, d'un endroit que je connaissais. Un endroit où j'étais né. Mon père à moi aussi buvait, mais contrairement au sien, il finissait ses verres. Il était immense et compact, ce qui lui avait permis de me foutre sur la gueule régulièrement et aussi de m'éclater un bocal de cornichons sur le visage le jour où il m'avait trouvé en train de rouler des pelles à Piet derrière la maison, quand j'étais venu récupérer mes tee-shirts et mes livres avant de m'enfuir avec lui.

Je n'ai rien raconté de ça à Caroline, ce jour-là. Il y aurait eu trop de choses à dire, des choses terribles, et c'était sa vie à elle que j'étais venu écouter. Je l'ai compris en un éclair. J'étais jeune, inexpérimenté, perdu, mais je savais ça : que j'étais venu l'écouter, quel que soit le message, que je n'étais plus rien qu'une oreille pour sa voix. Alors, ce deuxième jour, face à elle dans sa cuisine, incertain encore de ma position, mais résolu à la tenir, j'attendais qu'elle finisse de compulser l'*Exeter Express and Echo* pour écouter ce qu'elle avait à me dire.

Elle m'avait fait patienter. Elle avait rangé la vaisselle et puis elle était sortie nourrir les oiseaux sur la terrasse avant de s'enfermer une heure en haut pour prendre un bain, pendant que je feuilletais des magazines. Je l'avais entendue sortir de la baignoire pour aller jusqu'à sa chambre, puis de sa chambre jusqu'au bureau, je suivais un par un les petits bruits de succion de ses pieds mouillés sur le parquet, comme des baisers, et ensuite je l'avais écoutée taper sur son clavier à toute vitesse pendant ce qui m'avait semblé une éternité. Allongé près de la bibliothèque, je jouais avec un élastique entre mes doigts, je me disais que, perdu pour perdu, j'aurais toujours eu ça, d'avoir été juste en dessous d'un de ses livres en train de s'écrire, et que c'était une chance. Ce serait quelque chose à raconter quand je reviendrais à l'université avec une unique phrase sur ma bande enregistreuse et la certitude d'être un demeuré. Le temps s'écoulait. Le livre qu'elle écrivait devait être presque fini maintenant, à ce train. J'aurais peut-être déjà dû être parti – après tout, j'étais venu pour un seul après-midi – mais la veille, après s'être tue, elle m'avait mené jusqu'à une chambre à l'étage, où je m'étais docilement couché pour la nuit. Maintenant, je me demandais si je ne devrais pas monter faire mon sac, si ce n'était pas exactement ce qu'elle attendait de moi, que je boucle mes affaires en silence, et que je la laisse travailler.

J'en étais là de mes réflexions quand elle était finalement descendue, habillée, coiffée, avec des boucles d'oreilles scintillantes, mon dictaphone à la main. J'en avais eu le souffle coupé. Elle était passée devant moi avec un sourire en coin et puis elle était revenue, portant deux verres pleins sur un plateau. Elle s'était roulée en boule dans un fauteuil, et elle avait appuyé sur le bouton en me regardant droit dans les yeux pour la première fois de la journée.

– Tu es à Paris, France, et c'est le mois de mai, elle avait dit.

« *Tu es à Paris, France, et c'est le mois de mai*. C'est ce qu'il m'avait répondu quand j'avais posé la question en sortant du taxi. Imagine ça. Paris. Tout au nord, le dix-septième arrondissement, l'avenue de Saint-Ouen, la nuit. L'immeuble à côté du marchand de fleurs. Au quatrième étage, il y a une porte à gauche. Tu la pousses et là, au centre, encerclée d'étagères débordant de livres, il y a une fille blonde assise sur une chaise devant un bureau sur lequel est posée une machine à écrire portative – et cette fille, c'est moi. Toute la journée, j'étais là. J'y suis encore. J'ai toujours l'impression que je pourrais retourner là-bas, ouvrir la porte, et je serais toujours au même endroit. Je n'ai pas bougé. Mais c'est lui que je viens chercher. Quand je me vois là, à mon poste, tout ce que je me demande c'est *où est-ce qu'il est, lui ? Il va revenir ? Il va revenir quand ? Pourquoi est-ce que je suis seule dans la pièce ?*

Elle s'était arrêtée pour boire une gorgée, comme si elle jouait à me tenir en haleine. J'osais à peine respirer. Elle avait continué, d'une voix rapide, franche.

– *C'est chez toi, petite,* il m'avait dit. *Tu dors sur le canapé et tu te laves dans la baignoire. Je rentre chez moi et, demain, je reviens te voir. Deux sucres dans mon café. Il te faut quelque chose ?*

J'avais rien emporté. *Des vêtements,* j'avais dit. Des cigarettes. Du shampooing et une brosse à dents. Il avait souri. *T'occupe. T'auras tout ça demain.* J'espérais bien, et je l'avais dit aussi. Il avait souri encore, et devant la porte, il s'était immobilisé un instant. *Jude,* il avait dit.

Elle m'avait dit son prénom pour la première fois, mais je n'avais pas fait le rapprochement tout de suite. Ce serait seulement plus tard que je comprendrais que cet homme qui l'avait embauchée comme secrétaire était Jude Amos. À ce moment-là de son récit, pour moi comme pour elle à ce moment de sa vie, il était simplement Jude. Et j'avais continué à l'écouter sans un mot. Chaque nouvel épisode qu'elle me racontait était comme le pan d'une boîte qui se refermait sur moi – et je la laissais m'enfermer lentement dans cette boîte à l'abri de laquelle elle pourrait enfin me raconter tout, je me laissais happer par la solidité de ses phrases. Comme la veille, je n'étais plus qu'une oreille, tandis que Caroline lisait pour moi sa propre histoire inédite. Entre deux interludes de silence, sa voix reprenait, calme, vivante, et je me laissais prendre à nouveau dans le courant.

– Tous les jours, je me levais tôt, je prenais un bain, je mettais deux sucres dans un café et quand il arrivait, je lui ouvrais la tasse à la main. Et on travaillait. Je ne savais pas du tout quoi faire quand on a commencé. Mais il s'est mis à parler et j'ai commencé à taper – lettre par lettre, mot par mot, et c'est vrai que ce n'était pas plus difficile que sur une caisse enregistreuse – pas plus difficile que sur quelqu'un. Quand on s'était arrêtés pour faire une pause à midi, il m'avait expliqué qu'on écrivait de la poésie. *Il manquait plus que ça,* j'avais pensé. *Nom de Dieu. Avant je rampais par terre et maintenant j'encule les mouches. Génial. Vachement mieux.* J'avais demandé : *Vous êtes un bon écrivain au moins ? – Qu'est-ce que t'en penses, petite ? C'est toi qui lis. – Mais j'en pense rien. Je suis serveuse, moi. – Tu es secrétaire maintenant.* Il avait raison. *Alors je garde les secrets,* j'avais dit. Et c'est ce que j'ai toujours fait jusqu'ici.

Elle s'était arrêtée là, ce deuxième jour, aussi indiscutablement que si elle s'était trouvée devant un arbre abattu sur une route. Il était quatorze heures. Le lendemain, sans un mot, elle m'avait fait monter dans son break et on était partis tous les deux m'acheter des fringues à Exeter. C'est là que j'avais compris qu'elle voulait que je reste avec elle. Même si je ne savais pas combien de temps exactement ni pourquoi.

Je ne la quittais pas des yeux quand elle parlait, et je comprenais petit à petit qu'elle parlait toute seule. J'étais simplement là pour la faire rebondir de temps en temps, balle de squash sur un mur de verre. Elle me criait dessus, elle éprouvait ses phrases contre mon oreille, mais elle les connaissait par cœur. Elle avait beaucoup plus de souvenirs que ce qu'elle avait proclamé au départ. Elle savait très bien où elle allait parce qu'elle allait à reculons. Elle plongeait la tête en arrière comme une nageuse. Dos crawlé. Jour après jour après jour.

Caroline N. Spacek est un auteur de langue française. Ses premières nouvelles, réunies sous le titre Hamac, *reçoivent les encouragements de la critique tandis que la polémique entourant ces textes la place d'emblée au rang des écrivains majeurs de sa génération. À ce jour, Spacek a publié trois recueils de nouvelles (par ordre d'apparition :* Hamac, Pas de négociations, Ma jeunesse au tout-venant) *huit romans* (Le Malheur suit la désobéissance, De ce côté-là de la tombe ou de l'autre aussi bien, Klitchko, Les Indices secrets du désordre, Mange dans mon assiette, Liebeskoma, Tu ne m'auras jamais, Stardom) *et un unique recueil de poèmes* (Pas éternels). De ce côté-là de la tombe, Klitchko *et* Tu ne m'auras jamais *ont été adaptés au cinéma. Plusieurs fois récompensée, régulièrement controversée, précoce, prolixe, inclassable, son œuvre continue de poser question. Réputée pour sa réticence à s'exprimer publiquement, dans ses très rares interviews, Spacek fait référence au courant américain du Béhaviorisme, aux témoignages de l'expérience concentrationnaire et à la « poésie de la violence ». L'intégralité de son œuvre a été traduite en anglais, néerlandais, allemand, japonais, chinois, espagnol, italien, suédois, polonais. Caroline N. Spacek vivrait actuellement dans la région du Devon (Grande-Bretagne).*

C'était imprimé sur une page arrachée d'un dossier de presse, encadrée d'or dans le bureau de Caroline, et à peu près tout ce que je savais d'elle en venant à sa rencontre. Dans des articles plus douteux, il était fait mention de lectures publiques tumultueuses, d'escarpins blessant des journalistes au visage, d'une réputation sulfureuse, des sommes colossales d'argent touchées, du succès international, et de son silence, surtout. Son silence était partout, il remplissait les journaux mieux que son nom, elle brillait par son absence. *Mon silence,* me dirait un jour Caroline, *est tout ce qu'ils ont à écrire. La littérature – la littérature est mon affaire.* Il y avait quatre ans qu'aucune interview d'elle n'avait paru nulle part, ni aucune photographie récente. Sa biographie évoquait une constellation de taches aveugles, une page blanche comme le soleil regardé de front. Les uns après les autres, ses livres avaient causé la même stupeur, à chaque fois renouvelée, comme si le terrain qu'elle gagnait ne connaissait aucune limite, comme s'il n'y avait pas de summum qu'elle ne puisse surclasser. *Hamac* était un tour de force – quatorze nouvelles pures comme de l'eau, écrites par une enfant de dix-neuf ans, incisives, remplies de phrases aussi implacables que de l'uranium – mais *Pas de négociations* remettait les compteurs à zéro pour ce qui était de l'implacabilité et de tout ce à quoi on avait pu croire jusque-là. *Ma jeunesse au tout-venant* achevait de nous désorienter, avec une douceur exténuée, une fraîcheur de neige dans laquelle on restait, aveuglés, survoltés, avec la sensation d'avoir été piétinés par des chevaux. À l'époque, aux journalistes qui lui demandaient, condescendants, onctueux : *Mais où allez-vous chercher tout ça ?* elle répondait : *C'est partout.* Sur les premiers clichés de sa célébrité, elle regardait l'objectif en face, femme-enfant inébranlable, solaire, dans son manteau d'hiver. Après un interlude d'un an et demi, durant lequel tout et n'importe quoi avait été écrit à son sujet, elle avait livré son premier roman, *Le Malheur suit la désobéissance* – comme une menace personnalisée à l'adresse de ses exégètes. C'était dans ce livre qu'on trouvait sa phrase la plus connue, reprise partout depuis, donnant le ton pour toujours : *La violence n'est pas la solution, mais c'est déjà une bonne base.* Son œuvre – un tir nourri, un volume tous les deux ans, un événement à chaque fois, chaque volume mettant le précédent à l'amende avec une facilité infernale. *De ce côté-là de la tombe ou de l'autre aussi bien,* la poignance de ce livre, sa sagesse dans la résignation – juste avant de balancer *Klitchko* – un récit exigeant, la véhémence intacte, mais l'écriture devenue plus précise, acérée – ventes très en dessous de sa moyenne habituelle, blockbuster au cinéma – Caroline : *Je ne comprends pas.* L'année suivante, *Les Indices secrets du désordre,* trois cents pages serrées, immaculées, assez d'articles pour emballer la tour Eiffel dans du papier, deux prix littéraires, pas de quartier – Caroline : *Je ne comprendrai jamais.* Quinze mois plus tard, *Mange dans mon assiette,* son roman le plus drôle, connaîtrait une trajectoire de ventes record jusqu'à ce qu'un journaliste souligne que les initiales du titre formaient le mot *mdma* – Caroline ne se prononcerait pas. Chronologiquement, ce qu'il y avait après, c'était les poèmes. *Pas éternels* – comme sa tentative de se racheter une conduite sans lâcher de terrain pour autant. Des poèmes d'amour déchirants, mystérieux, chaque ellipse un nid-de-poule profond dans lequel trébucher et tomber à genoux, poèmes inexplicables, flous. Les critiques s'y sont cassé les dents comme sur un cube de glace trop grand, vaincus par ce qui semblait pourtant un chant de défaite. Caroline avait donné une de ses dernières lectures pour la sortie de ce livre – sur l'enregistrement vidéo, on la voyait derrière des lunettes de soleil, blonde, anguleuse, seule au monde, sa voix parfaitement distincte, ne s'adressant qu'à elle-même, déjà. Elle avait vingt-six ans, cette année-là, et sur les images on pouvait avec le recul la voir amorcer sa disparition, avec une assurance impériale. Quand *Liebeskoma* était paru, un peu plus d'un an plus tard, le monde littéraire avait affiché son soulagement – c'était un roman – mais les choses n'avaient plus jamais été aussi simples. *Liebeskoma* était une symphonie, convoquant simultanément tous les esprits de ses livres, avec une souplesse de gymnase affichant la pleine possession de ses moyens, arrogant de virtuosité. *Tu ne m'auras jamais* était de la même trempe, mais encore une fois le niveau montait d'un cran, atteignant une intensité à peine recevable pour le lecteur moyen, comme en témoignaient les chiffres. *Ils n'ont pas lu le livre. Ils sont allés voir le film. Ils avaient besoin d'un écran de protection, on dirait,* résumerait Caroline avec un sourire fatigué. *Stardom,* son dernier, prenait ses distances comme on rame hors de portée d'un bateau naufragé, sans un regard en arrière, sans pleurer, entouré du son presque imperceptible de la pluie qui tombe dans la mer. C'était un livre étrange, fier, malheureux, un kaddish, posant désespérément la question de savoir comment est-ce qu'on pouvait être si souvent à la fois tellement solide et tellement impuissant, terrassant le lecteur sur cinq cents pages avant de l'abandonner aux prises avec la dernière phrase – *Rappelle-toi : une partie de ta famille n'est pas revenue des camps – une partie de moi ne revient pas de nous deux.*

Je la regardais du coin de l'œil, à côté de moi dans la cuisine, concentrée sur l'horizontalité des *layers* d'un mocha cake, vivante, occupée. L'instant d'avant, en réponse à ma question

(Aujourd'hui, à ce stade de votre carrière, quel est votre objectif ?), elle m'avait répondu, sans lever les yeux de son livre de recettes : *Les réduire à la gratitude, si ce n'est pas déjà fait.* Je trouvais qu'on n'avait pas de mal à voir les liens de parenté entre ses livres, l'arc de la trajectoire, les lignes de force. Ce qui était difficile à comprendre, c'était que ça avait été écrit par une femme, à toute vitesse, entre ses dix-neuf et ses trente-sept ans – qu'une femme ait pu faire ça, dans sa vie. Faire ça entre toutes autres choses. C'était ce livre qui était son dernier et aussi le dernier que j'avais lu d'elle dans ma frénésie du printemps qui m'avait décidé à écrire à Caroline N. Spacek – parce qu'une partie de moi ne revenait pas d'elle – n'en revenait pas d'elle.

« Tu sais, chez nous, les bouquins, c'était pour les tafioles. Chez nous, on mangeait les steaks encore congelés quand nos mères avaient la flemme de cuisiner, et on pouvait être réquisitionnés en plein milieu d'une partie de loup pour venir percer les boutons dans le dos d'un invité qu'on ne connaissait pas. Chez nous, si un enfant demandait un animal domestique, on lui filait un kiwi – il y avait un père qui avait eu cette idée un jour et ça avait fait marrer tout le monde dans la prairie, alors chaque saison nous étions systématiquement une poignée à nous balader avec notre kiwi dans la poche, terrifiés quand il devenait mou et collant et commençait à sentir la mort, parce qu'on savait comment les parents, pour entretenir la blague, se faisaient un devoir de coller une beigne au premier gamin qui aurait *laissé mourir son kiwi*. On avait bien tenté de se renseigner après les premiers décès, et on avait dépêché un des petits pour demander à l'institutrice si les kiwis étaient bien des animaux, mais ça n'avait pas aidé du tout puisqu'elle nous avait dit que *oui* et que c'étaient *des oiseaux*. Tout ce qu'on avait gagné à poser des questions ça avait été de croire pendant encore longtemps que nos kiwis étaient des genres d'œufs, et qu'on devait vraiment rater quelque chose puisqu'en dépit des toutes petites caresses de nos doigts sur leur surface velue, les secrets qu'on leur confiait, les jolis noms qu'on leur donnait, ils n'écloraient *jamais*. Ces foutus kiwis qui étaient simplement des fruits.

Elle avait eu un petit rire amer, mais aussitôt après elle avait secoué la tête et repris.

– Quoi qu'il en soit, les livres, ça n'existait pas, chez nous – sans doute parce qu'on n'était pas des tafioles. Les seuls livres que j'ai vus là-bas, c'était la Bible et des annuaires. Sérieusement. La phrase la plus longue que j'avais lue, ailleurs qu'à l'école ou sur un panneau publicitaire, c'était celle tatouée sur le ventre de Papa Lang, *Aimez-vous les uns les autres et que la vérité triomphe.* Je me demande encore où il avait pu trouver ça. Quand il s'asseyait sur le marchepied de la caravane pour boire une bière en nous jetant un œil, on venait tous s'agglutiner devant lui. C'était un bon gars, Papa Lang, il tenait son débardeur en l'air jusqu'à ce qu'on n'en puisse plus. Phrase bleue, merveilleuse et inexplicable sur le corps de cet homme éreinté, posé sur une marche en plastique au milieu des hautes herbes sales de notre territoire où la vérité ne triompherait jamais et où la perspective d'un amour partagé faisait ricaner nos mères. Son nombril formait le *o* de *triomphe*.

Elle m'avait regardé en face, furtivement, mais assez pour que je lise le mélange dosé de nostalgie et de découragement dans ses yeux, avant de continuer.

– Comment j'en étais arrivée à me retrouver assise à Paris avec quelqu'un qui me dictait des phrases ? Comment j'avais pu, moi, la chérie des Lang aux oreilles percées, l'enfant d'un abruti patenté et de la femme la plus grosse du monde, me retrouver ici, nourrie, logée, blanchie, et droite sur une chaise avec un livre à retranscrire ? Je ne comprenais rien à ce qui m'entourait. Jude me parlait régulièrement d'un mec qu'il appelait Dosto – il disait, *Dosto a fait ça, et ça,* ou *C'est tellement Dosto,* et je ne savais pas qui c'était. Alors j'ai fini par demander à un mec dans une lecture si c'était lui, Dosto. Ça faisait quelques semaines que je me creusais la tête et je pensais que ça pouvait être lui, parce qu'il avait l'air un peu rital – je présumais que *Dosto* était un nom italien. Bon, c'était pas lui. Mais il m'a donné la solution.

Elle s'était arrêtée pour boire une gorgée, me laissant suspendu à ses lèvres comme à un élastique.

– Dosto-*ïevski*. Mais ça ne m'a pas aidée du tout, évidemment. Jude a surgi à ce moment-là, et quand on lui a tous les deux raconté, il a cassé son verre plein en le jetant par terre, et il m'a hurlé d'arrêter de lui faire honte. Il ne pouvait pas y croire. Aujourd'hui, c'est moi qui n'y crois pas d'avoir tellement longtemps ignoré qui était DOSTOÏEVSKI. J'ai envie de pleurer, quand j'y pense. Imagine si j'avais pu connaître tout ça avant. Quel écrivain je serais maintenant si je n'avais pas perdu autant de temps ?

Elle avait l'air vraiment scandalisée en disant ça. Mais elle n'avait pas perdu de temps. Personne n'avait perdu moins de temps qu'elle. Entre ce jour où elle avait appris l'existence de Dostoïevski et la sortie de son premier livre, il s'était écoulé une année seulement. J'étais stupéfait – et je l'étais encore le lendemain matin quand elle s'était remise à parler.

« Jude m'emmenait partout avec lui et moi j'emmenais la machine portative. Je me suis tenue à ses côtés, cette longue année. Lectures publiques, interviews, dîners, performances – la vie littéraire. Son premier livre, *Chutzpah Chups*, paru quelques mois plus tôt, avait fait sensation, et il avait l'intelligentsia à ses pieds, partout où il allait. Je prenais des notes, en me tenant très droite à côté de lui, avec la machine calée contre ma hanche aussi solidement que j'avais porté Perdita Kelly Lang quand elle était petite, et tout le monde qui me regardait bizarrement. *Tu as adopté un bébé, Jude ?* on lui demandait parfois pour rire. *Je vais leur casser les dents avec mes baskets s'ils répètent ça,* je lui disais souvent, et c'était pas pour rigoler. Jude posait une main sur ma tête et m'attirait contre son cœur, ses paumes collées sur chacune de mes oreilles, avant de me repousser doucement en arrière, c'était un geste étrange et nouveau pour moi dont personne n'avait jamais pris la tête comme ça et j'avais mis un petit moment à comprendre que c'était une manière de dire qu'il était d'accord sur toute la ligne mais que ça se passerait mieux si je pouvais rester calme un peu. J'adorais quand il faisait ça, mais ça ne marchait pas du tout. Parce que les écrivains, ils étaient *fous*. Je l'ai su tout de suite. Dans les cafés, je les écoutais parler, et on aurait dit qu'ils mettaient un point d'honneur à t'expliquer à quel point ils étaient ineptes. Ils disaient tous la même chose, en boucle : *C'est une question de survie. Je ne sais faire que ça, écrire. Je ne suis bon qu'à ça.* Je les trouvais à mourir de rire. Suicidaires et cinglés et contents de l'être. S'ils pensaient vraiment qu'être écrivain, c'était *la survie*, si tout ce qu'ils pouvaient faire d'eux-mêmes c'était des paragraphes, quel échec. Quelle blague, j'expliquais à Jude qui grimaçait. *Ce sont des écrivains, petite. Tu ne sais pas ce qui peut les rendre comme ça. Tu n'as aucune idée de ce que c'est. – J'en ai marre de faire pâtisserie,* je lui expliquais. *Ta-pi-sserie – Quoi ? – On dit : « faire tapisserie » – Vous commencez à me courir sur le haricot, monsieur – Tu n'es pas crédible si tu ne sais pas parler, petite. Il faut que tu apprennes à parler – Et mon cul, c'est du poulet. Pour ce qu'on m'écoute – Ils t'écouteront quand tu sauras parler – Et vous ? – Peut-être.* Dans les premières semaines de notre collaboration, il m'a obligée à lire le dictionnaire – pour que j'aie une orthographe impeccable, il disait. J'ai dû attendre la lettre *d* pour lui dire ce que j'en pensais. *D-i-c-t-a-t-e-u-r. – Je dicte,* il m'a répondu sans lever les yeux de son journal du matin, impassible. *Tu t'attendais à quoi ? Finis ton dictionnaire, petite.* Bon. Jamais j'aurais imaginé que du papier puisse peser aussi lourd ni qu'on pouvait imprimer des lettres aussi scandaleusement petites – mais je l'ai lu. Ça m'a pris un petit moment et quand j'ai eu juste fini, il m'a donné cet autre truc à lire – *Ulysse.* Le machin faisait mille deux cents pages alors c'était un peu comme le dictionnaire, sauf que tous les mots étaient en désordre ce coup-ci. J'ai eu envie de lui dire que jusque-là je n'avais jamais lu que des magazines et la Bible et que je m'en portais bien et surtout d'aller se faire voir ailleurs avec son bouquin dans lequel il n'y avait même pas d'images – dans le dictionnaire, c'étaient les images qui m'avaient aidée à tenir, et là je ne voyais pas comment j'allais m'en sortir. Mais je m'en suis sortie. Ça aidait bien d'avoir lu le dictionnaire avant, cela dit.

Elle en souriait encore.

– Je me suis mise à lire des livres. Je les prenais au hasard sur les étagères, les uns après les autres, et je lisais presque tout le temps quand je ne travaillais pas. *Montre-moi ce que t'as lu cette semaine,* m'a demandé Jude au bout d'un moment en faisant une drôle de tête. Je lui ai rapporté les livres un par un, en pile sur le sol. *T'as lu tout ça ? – Bien obligée. J'ai pas de magazines. – Tu veux que je t'achète des magazines ? – Non. – Tu comprends ce que tu lis, petite ? – C'est des mots. Je sais lire depuis que j'ai cinq ans. – Mais tu comprends vraiment ? – Si vous ne pensez pas que je comprends, pourquoi est-ce que vous m'avez engagée ?* Il n'a rien répondu. En fait, il mettrait des années à pouvoir répondre à cette question. *Tu étais – ce qui me manquait* – c'est à la fois le plus petit poème du monde et ce qu'il m'a dit beaucoup plus tard, longtemps après cette année où il devait me serrer solidement dans ses bras pour me retenir de frapper ses pairs, cette année où ni lui ni moi ne pouvions imaginer quel écrivain je deviendrais un jour.

Elle s'était arrêtée, juste le temps de sourire en coin et de me laisser encaisser l'impact oraculaire de sa dernière phrase, avant de reprendre :

– Pour le moment, j'étais la secrétaire. Le contrat, c'était qu'il n'y avait pas de contrat. Le téléphone hurlait dans la nuit. *J'ai besoin de toi, petite. J'arrive. – Vous avez besoin de moi* maintenant ? – *J'ai besoin de toi tout le temps maintenant.* Il écrivait son deuxième livre, il voulait valider la promesse de ses débuts, il était terrifié, même s'il ne l'avouerait jamais, et il avait besoin de ma présence impassible tandis qu'il cherchait anxieusement ses mots dans l'obscurité du bureau, Il débarquait, sentant l'alcool et le tabac, des griffures de femme dans le cou, il tournait autour de moi comme une phalène autour d'une ampoule, fébrile, et il dictait tout le temps qu'il était là. Il dictait même en tassant le café dans le percolateur et quand il allait pisser, il laissait la porte légèrement ouverte pour que je puisse l'entendre parler encore. Assise devant la machine, en pyjama, je ne faisais aucun commentaire – parce que j'étais la secrétaire et parce que, la veille, j'avais lancé avec emphase un *Je ne mange pas de sopalin,* que Jude m'avait appris à prononcer *Je ne mange pas de ce pain-là,* ce que je trouvais complètement débile, vu que ce serait toujours beaucoup plus facile de manger du pain que du sopalin. Je parlais mal, mais j'écrirais bien. Jude me rejoignait dans la nuit et nous travaillions jusqu'à ce que tous les mots aient été dits et dactylographiés. Le temps semblait s'être arrêté.

Ça faisait déjà une semaine que je vivais chez Caroline. Tous les jours, je téléphonais à Piet, pour lui dire que j'allais rester ici encore un petit peu plus longtemps que prévu. Je me sentais tiraillé entre l'exigence de mon amour et ma responsabilité d'interviewer, ce travail que je m'étais fixé qui impliquait que je reste auprès de Caroline jusqu'à ce qu'elle m'ait tout confié, qu'elle ait tout éclairé. Je savais que je ne pourrais pas rentrer tant que je ne serais pas allé au bout de cette histoire avec elle, mais j'étais confus, je me sentais désolé d'être cette personne qui voulait savoir comment s'écrivent les livres. J'étais un amant, mais j'étais aussi un lecteur et ce n'était pas un détail que je pouvais abandonner sur la route – c'est quelque chose que j'ai compris dans ces moments-là, qu'on pouvait aimer terriblement au moins deux choses à la fois sans qu'elles s'excluent, sans que ce soit trahir. Ça me tuait d'être loin de Piet mais dans un sens, si je n'avais pas été là où j'étais, alors j'aurais été *loin de moi* et même si je ne comprenais pas exactement ce que ça signifiait, je savais que ça aurait été catastrophique. Piet me disait qu'il avait peur de tout ce temps que je passais avec une femme, parce qu'il pensait qu'à mon âge on ne peut pas être encore complètement sûr de ce qu'on préfère. Piet est la première personne que j'aime, même si je ne le comprends pas tout le temps. Pour le rassurer, j'essayais de lui expliquer que Caroline n'était même pas très belle et il me reprenait, de sa merveilleuse voix grave :

– Mais, Lou, on ne tombe pas amoureux des femmes parce qu'elles sont belles. On tombe amoureux des femmes qui sont quelqu'un.

Le silence après était un peu embarrassant.

– Mais toi aussi tu es quelqu'un, mon chou.

– Oh non, je ne *suis* personne, moi. Moi, *j'ai* des diamants.

Piet est l'héritier d'une dynastie de diamantaires néerlandais. Il a beaucoup d'argent et des problèmes avec ça.

– C'est pour toujours, les diamants, je lui disais.

– Les livres aussi, c'est pour toujours, Lou, non ? Au moins pour celui qui les écrit.

Piet a tous les livres de Caroline – les premières éditions, les raretés. En m'emmenant à l'aéroport une semaine plus tôt, il m'avait raconté qu'il avait vingt ans à la sortie de *Hamac,* et comment il l'avait lu en boucle, dans son bureau au siège de la société familiale, jusqu'à la sortie de *Malheur. Il y a plus de deux ans qu'elle n'a rien publié et ça me rend nerveux rien que d'y penser,* il m'avait confié. Je vivais avec cet homme depuis six ans et jusque-là j'ignorais qu'un pur fan se dissimulait sous sa peau chaude, ses tee-shirts en soie et les pierres précieuses. Dans un des premiers coups de téléphone que je lui avais passés, il m'avait demandé, exalté : *Comment est-ce qu'elle est ? – Grande,* j'avais dit, parce que c'était ce qui m'avait tellement frappé en arrivant. – *Oui. Elle est un grand écrivain,* il avait dit, et ça nous avait fait rire chacun à un bout du fil, parce qu'on savait bien que ce n'était pas exactement ça.

– Reste là-bas, Lou. Appelle s'il te faut quoi que ce soit et fais signe quand tu veux rentrer, d'accord ?

– D'accord. Je t'aime.

– Je t'aime aussi.

Je raccrochais en remerciant encore le ciel d'être tombé sur quelqu'un d'aussi compréhensif que Piet et je descendais retrouver Caroline après sa séance de travail du matin. Petit à petit, elle semblait s'être habituée à ma présence chez elle. Quelque part dans cet été, elle me confierait :

– Tu ne te demandes pas pourquoi je te raconte tout ça depuis des jours alors que j'ai toujours refusé de parler ? Je n'ai pas respecté beaucoup de monde dans ma vie, parce que je n'ai jamais pensé que les gens étaient très respectables. Quand je t'ai vu arriver, tu ne savais pas où te mettre, tu te souviens, je t'ai crié dessus, et tu as eu l'air désolé. Je veux dire, *vraiment* désolé. Et je t'ai respecté pour ça – parce que tu ne faisais pas semblant d'avoir peur de me faire du mal. C'est comme ça que j'ai su que tu étais venu pour de bonnes raisons. Et maintenant nous sommes là à parler.

C'était exactement ça. Je descendais, elle remplissait un thermos de daïquiri, nous allions nous asseoir sur la galerie, et là, les orteils doucement frôlés par l'herbe haute, l'alcool commençant à faire son effet, un de nous enclenchait le dictaphone, et elle reprenait son récit à l'endroit exact où elle l'avait laissé la veille.

– C'était un nouveau monde. Jude restait de plus en plus tard après le travail, et il m'apprenait la grammaire. Pendant des heures, il m'a donné un à un les codes des portes blindées de la littérature. Nous sortions boire des verres ensemble la nuit et quand je tombais de sommeil, Jude me portait jusqu'à la maison, et il me bordait. Au bout de trois mois que j'étais là, je lui avais fait comprendre qu'il serait peut-être temps que j'aille chez le coiffeur, et quand j'étais revenue blonde platine, il avait ri. *Enfant,* il avait murmuré – mais je pouvais voir la fierté dans ses yeux après à chaque fois qu'on sortait. Je m'étais fabriqué un visage impassible pour les assemblées littéraires, et quand quelqu'un me demandait pourquoi je ne souriais pas, je lui rappelais qu'un sourire, c'était d'abord *des dents*. Jude souriait pour deux et me prenait sur ses genoux. Quand il en avait assez entendu, il me disait : *Prends ton sac, petite,* et je le suivais, la tête haute, la machine dans les bras. Il m'a tout appris. C'est parce qu'il m'a recueillie que j'ai appris à me recueillir un peu aussi, tu comprends. Si je ne l'avais pas rencontré, si j'étais restée la fille que j'étais, je serais sans doute encore aujourd'hui très dure et très forte comme je l'étais à dix-huit ans quand j'étais un petit tank, idiote comme un petit tank. J'aurais poursuivi ma destinée qui devait, dans le meilleur des cas, me mener à tenir un snack en bordure d'une voie rapide pour nourrir mon Lang et notre portée solide. Au lieu de ça, je m'installais à mon poste face à Jude, et mon tir en rafale répondait à chacun de ses paragraphes, comme un régiment de tirailleurs et son colonel. J'imaginais une chaîne de montage, lui qui parlait, moi qui tapais, et les phrases partant bien empaquetées sur un tapis roulant, vers une destination qui m'échappait. À midi, il m'asseyait dans l'évier pendant qu'il nous faisait à manger, mes jambes dépassant comme les pattes d'un poulain impuissant. J'étais heureuse. J'étais très heureuse, tu sais.

Je la voyais faire des choses, jour après jour, sans bien réussir à en tirer un sens. Quand, vers midi, elle descendait de son bureau pour aller enchaîner des roues dans le jardin, je restais assis sous la galerie, et je notais ce que je voyais sur un petit carnet en me sentant parfaitement stupide et déplacé. Elle n'arrêtait pas de m'échapper. Plus tard, quand elle tomberait sur mes notes – *11 h 34 : CNS mange des marrons glacés – 15 h 42 : CNS lave les feuilles de sa plante carnivore – 16 h 11 : CNS prépare une carafe d'ice tea – 16 h 15 : [erratum] : une carafe de bourbon* – elle me dirait, en souriant vaguement : *T'es drôle. Tu comprends rien. Tu crois que je suis excentrique alors que je suis simplement concentrée. Je ne suis pas un camp d'été, mon lapin. Je suis un écrivain. Tu ne me vois pas quand je suis dans mon bureau. Tu te dis seulement,* elle travaille, *et c'est vrai, mais tu ne sais pas exactement ce que c'est que ce travail que je fais. Tu es en visite – je vis là.* Elle vivait *là*, en effet – dans le tumulte de sa tête, dans les livres, dans cette maison perdue au milieu de nulle part où je n'étais qu'un visiteur.

Mais je n'étais pas venu sans raison – j'étais arrivé là guidé par la musique de ses livres, un chant dont la cadence m'avait été tout de suite douloureusement familière, et quand elle me tenait à distance, en tournoyant furieusement dans le jardin ou en se taisant, je me rassemblais moi aussi, dans un souvenir ou un autre qui me rappelait ce que je faisais ici. Sept ans plus tôt, j'étais assis au bord de la route, après que mon père m'avait poché l'œil parce que j'avais craché sur la queue tendue de son meilleur ami passé prendre le café – j'avais dit que je ne voulais pas, que je ne le prendrais pas dans ma bouche, que c'était *ma* bouche, et alors mon père avait voulu me frapper là pour m'obliger à l'ouvrir mais j'avais baissé la tête en esquivant et c'est comme ça qu'il m'avait touché l'œil à la place. Ça faisait mal – même au soleil ça faisait mal mais j'étais resté longtemps assis là, je réfléchissais à ce qui pourrait arriver maintenant, comment je m'en sortirais avec tout ce qui avait été ma vie et dont je ne voulais plus jamais, jamais, jamais, jamais, mais j'avais dix-sept ans et rien à moi, alors quand je pensais à ce que je voulais je me disais que ça n'avait aucune importance puisque je n'aurais jamais les moyens de choisir. Je devrais rester là et opter pour avaler ou encaisser les coups, jusqu'au moment où je n'aurais même plus la force de trancher tellement je serais en sang, alors quitte à finir comme ça, peut-être que c'était mieux de rester là au bord de la route à espérer qu'une voiture fasse une embardée et me shoote et que tout soit fini une fois pour toutes, et c'est là qu'il est arrivé. C'était une voiture au début, une grosse berline blanche, éblouissante, je devais plisser les yeux pour la regarder approcher. Je pensais que c'était peut-être mon dernier jour mais c'était en fait le premier – parce que la voiture avait ralenti avant de s'arrêter très doucement devant moi et que Piet en était sorti, immense, mais *à ma mesure* et ça, je le saurais plus tard seulement. Il était sorti et en dépit de tout ce que j'avais de cassé dans la tête à ce moment-là j'avais remarqué sa grâce, quand il s'était approché de moi et qu'il s'était assis à côté sur le gravier, costume gris clair, tennis de luxe, il s'était glissé contre moi et il avait pris sa tête dans ses mains, les coudes sur les genoux lui aussi. Je ne savais pas que c'était la façon qu'il venait de trouver pour me signifier qu'il me voulait du bien, mais je m'étais senti mieux, tout doucement, et on était restés un bon bout de temps comme ça, tous les deux, c'est ce que j'avais pensé dans ma tête au bout d'un moment, *tous les deux,* et j'avais commencé à comprendre ce qu'il pouvait y avoir derrière ces trois mots de bonheur et de paix, et quand il s'était tourné vers moi pour m'embrasser, ça avait été comme de boire le soleil à la bouteille.

En repensant à ça, j'avais eu envie de dire à Caroline que nous avions tous les deux été recueillis – que j'étais beaucoup moins différent d'elle que ce qu'elle imaginait et que nous pouvions parler ensemble du bonheur indescriptible d'être kidnappé. J'aurais voulu lui raconter comment Piet m'avait arraché aux miens pour me mettre en sécurité, comment il m'avait inscrit à l'université, comment c'était grâce à lui que j'avais lu ses livres – mais, devant moi, Caroline N. Spacek, qui n'était pas un camp d'été mais un écrivain, s'était mordu les lèvres un petit moment.

– L'amour, elle avait dit, est quelque chose qui se produit hors de notre portée, et tout ce qu'on peut en espérer au fond c'est la réciprocité.

« Un jeune homme de dix ans mon aîné, exigeant, caustique, lettré, à la voix solide. Auteur d'un livre seulement, travaillant au deuxième devant moi, avec acharnement. Fumant sans cesse, le visage tendu, debout, pour manufacturer des phrases si légères que personne ne devinerait jamais le temps furieux que ça lui prenait. Déversant dans mes oreilles un torrent d'informations autobiographiques qui me donnaient la certitude de n'avoir jamais rien vu. Sa quête furieuse de son origine ashkénaze, quelques années plus tôt, quand il avait parcouru en autostop les plaines désertiques du Caucase. Son obsession pour les chaussures. Les prénoms de toutes les filles qu'il avait embrassées. La mort de son père. Son enfance passée à jouer au flipper. Son goût pour les pâtisseries. Ses vertiges dans les escalators. Je l'écoutais parler et il me touchait – avec des mots – moi qui n'avais jusqu'ici été touchée que par des mains. Je voulais tout comprendre. Je voulais entrer dans son monde et pouvoir me fondre à mon tour dans l'impeccabilité des phrases. J'étais devenue tellement fascinée par les poèmes qu'il s'en était aperçu, et quand il butait sur un mot, il me demandait : *Qu'est-ce que tu en dis, petite ?* Alors, petit à petit, je me suis mise à parler à mon tour.

Pendant le travail, Jude enchaînait souplement les syllabes, et quand sa voix stoppait net, je lui disais le mot manquant. Le soir souvent, je relisais le travail de la journée, et je déplaçais des blocs de texte à coups de feutre – le lendemain, il approuvait silencieusement, et on recollait les poèmes dans l'ordre nouveau que j'avais trouvé. Je me sentais une vraie secrétaire, une aide de camp précieuse. Je le voyais devant moi chercher quelque chose, courir dans le grand terrain de son récit, un peu comme, enfant, j'avais couru sur les plages avec mon détecteur de métaux. Les phrases étaient du métal aussi, une substance pure qu'il fallait extraire patiemment du sable dur de la mémoire. *Comment est-ce que tu peux faire ça, petite ? Tu vois des choses qui m'échappent.* J'étais son sonar – je le guidais vers la symphonie dissimulée derrière son histoire. Face à face, séparés seulement par une machine à écrire, un cendrier et deux tasses de thé, nous fabriquions une nouvelle géographie. Et quand une nuit, très tard, il n'est pas parti, mais a retiré un à un ses habits pour se coucher à côté de moi dans le canapé, j'ai fondu dans ses bras. C'était la première fois de ma vie que je faisais l'amour dans un lit – et avec quelqu'un qui n'était pas un Lang – quelqu'un que je ne connaissais pas depuis que j'étais née. Il était comme d'une autre espèce, pour moi, au départ. Je ne savais pas comment le prendre. Mais Jude savait. Il me prenait avec la même frénésie qu'il écrivait ses phrases. Il me mordait, dans sa fatigue, dans son bouleversement. La trace de ses dents restait dans ma peau, jour après jour, et je la regardais dans mon bain avec ébahissement. Que quelque chose comme ça existe sur terre – quelqu'un comme lui – je n'y comprenais rien. Nous penchions nos deux fronts sur le manuscrit, concentrés, et la nuit nous nous effacions l'un dans l'autre, sans un mot.

Chacun d'un côté de la machine, il faisait ses solos et je faisais les miens, et quand on se retrouvait on marchait main dans la main.

« *Jamais je n'avais vu quelque chose comme toi,* me répétait Jude. La nuit, je m'allongeais à ses pieds sur le parquet, il me lisait le travail de la journée, et je le corrigeais. *Tu écris mieux que moi,* il disait après, mais je ne le croyais pas. Ça n'avait pas de sens. J'étais simplement sa secrétaire, et je faisais mon travail. *Tu parles comme Eichmann,* il rétorquait, agressif, désespéré. Évidemment, je ne savais pas qui était Eichmann, alors il m'a expliqué ça aussi. Il a essayé de me poser des questions sur mon passé, mais je serrais les dents. Je ne voulais pas qu'il sache – je ne voulais pas qu'il ait pitié de moi. Je n'ai rien dit, à aucun moment à cette époque. J'ai pensé, à tort, que le silence était une protection. Nous avons continué à écrire ensemble, coucher ensemble, manger ensemble, j'ai parfait mon apprentissage auprès de lui jusqu'au jour où je l'ai empêché de dormir pour qu'il finisse un poème. *Qu'est-ce qui t'arrive, petite ?* il m'a demandé, surpris. *Je grandis,* j'ai dit. Il m'a regardée bien en face, mais je n'ai pas reconnu la paranoïa sur son visage, la paranoïa qui était la contrepartie de ce métier qu'il avait choisi et dont le poids immense commençait à se faire sentir. C'était autre chose qui me restait à apprendre sur les livres. À partir de ce moment, les choses se sont mises à changer, imperceptiblement. Jude cachait ses poèmes après les avoir écrits, il ne voulait plus que j'y touche. Je l'entendais gémir dans son sommeil la nuit. Il sortait sans moi, et je restais toute seule au bureau, désœuvrée, meurtrie, à attendre son retour, des jours entiers. Quand il finissait par réapparaître, il me tenait à distance avec la table entre nous – et je discernais la présence du meuble entre nos deux corps même quand nous étions nus, même quand il me faisait l'amour, je venais buter contre le bois solide où prenaient forme les poèmes. Un soir, quand un clochard dans la rue lui a demandé : *Je peux la ligoter et l'emmener avec moi, votre femme ?* il ne lui a pas dit *non*. Il ne lui a pas dit que je n'étais pas sa femme. Il a simplement murmuré : *Si vous arrivez à la ligoter*. À côté de lui, j'ai senti quelque chose dans sa phrase me heurter, si légèrement que je n'étais pas sûre d'avoir mal. Si quelqu'un réussissait à me ligoter, il pourrait me prendre ? C'était d'accord pour lui qu'on nous sépare ? Je ne comprenais même pas. J'avais vu les Lang disloquer des épaules pour moins que ça.

Son visage fier, offensé, en racontant cette histoire. Sa voix abîmée, reprenant :

– Et puis un jour, il est arrivé au bureau, et il a dit : *Tu-es-virée.* J'ai tapé les mots sur le clavier. C'était déjà arrivé qu'il commence la journée en me disant *il-fait-chaud* alors qu'on était en janvier alors j'avais appris à ne pas prendre personnellement ce qu'il me disait quand on était au bureau. Quand j'ai fini par comprendre que c'était à moi qu'il était en train de parler, je l'ai regardé, son visage que j'avais vu tous les jours depuis presque une année – le visage de celui que j'aimais en train de me crier : *Tu apprends en deux jours ce que j'ai mis six mois à comprendre. Cette structure de phrase que tu viens de faire, ça fait des semaines que je la cherche sans succès. Tu n'as jamais écrit avant ? Tu n'avais jamais lu un livre ? Comment tu peux espérer que je te croie ? Qu'est-ce que tu faisais exactement dans ce café, avant que je te voie ? Tu n'as pas fini de te foutre de moi ? Qui t'envoie, shiksa ? Qui t'a posée là pour que je te trouve et que tu viennes m'espionner ?* Je te répète ça maintenant, mais sur le moment je n'ai rien compris. J'étais simplement trop petite. Je l'ai laissé me pousser dehors. Je ne me suis pas défendue et je m'en souviendrai toute ma vie, de ce moment où je n'ai pas été moi, de ce moment où je n'ai été personne et il m'a jetée hors de son appartement, hors de sa vie. Il a mis la machine à écrire dans une valise et il l'a balancée par la fenêtre. Il m'a poussée hors de l'appartement à coups de pied. J'ai dévalé l'escalier. Dehors, j'ai ramassé mon bagage éclaté sur l'avenue, et je suis partie. Aujourd'hui, je me demande encore comment tout ça a pu nous arriver. Comment avons-nous pu nous abîmer, l'un auprès de l'autre ? Mais c'est ce qui est arrivé, cette année-là. Nous nous sommes démolis mutuellement – nous nous sommes démolis et nous avons écrit un livre qui mettrait son nom sur toutes les bouches dès sa sortie.

Après avoir dit ça, elle était allée se coucher presque en courant, et elle avait dormi jusqu'à seize heures le lendemain. En tout cas, c'est ce que j'avais pensé, parce que quand elle était finalement réapparue elle avait les yeux légèrement gonflés et une grande marque fraîche sur une joue qui semblait provenir d'un oreiller. Elle m'avait souri faiblement.

– Il y a du thé ?

– Dans la cuisine, j'avais murmuré, intimidé par son visage.

– Bien.

Elle était partie dans cette direction et revenue avec une tasse fumante. Elle s'était assise à côté de moi sur le canapé et elle avait bu à toutes petites gorgées, en faisant tourner le bout de ses doigts sur le rebord en porcelaine. Elle avait dormi pas loin de vingt heures, mais elle paraissait épuisée. Tellement épuisée qu'elle avait fini par poser très lentement sa tête sur mon épaule et rester comme ça, les yeux fermés. Elle se balançait doucement contre moi comme quelqu'un qui pleure et pourtant je n'avais pas l'impression qu'elle pleurait vraiment. Je n'osais pas la regarder. J'espérais vaguement que ce n'était pas moi qui l'avais mise dans cet état-là. Je ne savais pas bien ce que je devais faire. Je me disais que j'aurais mieux fait de m'intéresser un tout petit peu plus aux femmes dans ma vie, parce qu'alors j'aurais sans doute su ce qu'il fallait faire quand elles étaient malheureuses. Finalement, j'avais dégagé un de mes bras aussi délicatement que possible et je l'avais posé sur son épaule, en me demandant chaque seconde si elle n'allait pas me frapper ou me mordre pour avoir fait ça. Elle était tellement étrange. Ça faisait des jours que je faisais tout ce que je pouvais pour la comprendre et pourtant j'avais l'impression que c'était peine perdue, qu'à chaque salve de mots qu'elle me donnait elle s'éloignait un peu plus de moi pour repartir là-bas, dans la région d'où venaient ses mots, dans son passé compliqué. J'essayais de savoir si je ne la comprenais pas parce qu'elle était une femme, ou parce qu'elle était un écrivain, ou parce qu'elle était Caroline N. Spacek – et alors elle s'était remise à parler.

« Il m'avait renvoyée là d'où je venais, comme une balle sortie du terrain qu'on frappe du pied, alors je suis allée là-bas. J'ai suivi ses ordres comme je l'avais fait pendant des mois. Je suis rentrée chez moi en état de choc, la machine à écrire serrée entre mes bras, les gens me montraient du doigt dans la rue où j'étais née et je n'avais aucun moyen de leur expliquer ce qui m'était arrivé, parce que je ne savais pas. J'ai défendu la machine bec et ongles contre ma mère qui voulait se l'approprier. Je devais dormir avec pour ne pas qu'elle me la prenne dans mon sommeil et tu vois, je ne savais même pas pourquoi je faisais ça. J'ai repris ma vie là où je l'avais laissée. J'ai fait ce qu'il voulait.

– Mais qu'est-ce que vous vouliez, vous ?

– Tu crois que j'avais appris à *vouloir ?* Dans ma famille tellement inculte et démunie qu'on devait probablement nous rayer des statistiques de bien-être pour ne pas les faire chuter d'un coup ? Je ne voulais rien du tout. Pendant mon absence, les Lang avaient déménagé – Elvis seul était resté travailler aux docks, mais il n'était plus le même depuis qu'il était sorti d'un coma d'une semaine après un combat de boxe nocturne sur la plage. Quelque chose de minuscule avait été froissé dans sa tête par le choc et quelqu'un du coin m'avait expliqué que depuis, il n'avait plus d'émotions. Il n'aimait plus personne – il ne ressentait simplement plus rien pour les gens. Je ne pouvais pas croire que la zone dévolue aux émotions soit si petite qu'on puisse l'anéantir en un uppercut, alors je suis allée le voir au travail. Je l'ai reconnu à trente mètres de distance, debout dans le soleil, carré, solide, son corps contre lequel je m'étais battue si souvent et que j'avais bercé dans le mien aussi, pour nous mettre tous les deux à l'abri de ce qui nous entourait. J'avais le cœur serré de le voir enfin, j'avais été tellement longtemps tellement loin, de penser que je n'avais pas été là pour son dernier combat, de penser à tout ce que j'avais raté, j'avais envie de me gifler, comment est-ce que j'avais pu penser à rester quelque part où Elvis n'était pas alors qu'il avait été là toute ma vie. Mais même quand j'ai été en face de lui et que j'ai collé mon front contre le sien comme j'avais fait tous les matins pendant dix-huit ans, il ne m'a pas vue, lui. Il savait très bien qui j'étais mais ça n'avait plus aucune d'importance et je suis restée à pleurer nos K. O. respectifs sur le ponton. Plus d'un an plus tôt, j'avais mangé mon dernier hérisson sans savoir que ce serait le dernier. Tony Bel-Air et Mick étaient quelque part très loin à continuer sans moi la vie que nous avions eue ensemble avant que je ne les abandonne pour aller jouer la secrétaire pour un inconnu qui ne savait rien d'eux et de moi. Même Vanessa Trocadéro était partie, sans laisser d'adresse à la traîtresse qui avait été son amie. Ils étaient hors de portée, tous. Un peu plus tard, quand j'ai commencé à écrire, les journalistes ne parvenaient pas à comprendre comment je pouvais être autre chose qu'une débutante. Ils ne pouvaient pas mettre le doigt sur les deux seules bonnes explications à ça : qu'il fallait avoir d'abord été cueillie puis chassée par Jude, quitter l'enfer et y retourner, pour se retrouver à cet endroit exact de la littérature. Il fallait toute cette tristesse – et un hamac.

Ça devait être le neuvième jour – quand j'étais sorti dans le jardin pour trouver Caroline debout en salopette devant un jerrycan d'où s'échappait une fumée dense. Une main sur la bouche, elle remuait le contenu avec un morceau de bois. Ça sentait le brûlé et quand j'avais été à portée de voix, je lui avais demandé ce qu'elle faisait flamber.

– Des papiers.

– Des papiers ?

– Mes brouillons. Pour ne pas qu'ils les prennent.

– Qui ?

– Les journalistes ou n'importe qui.

– Mais pourquoi ils feraient ça ?

Elle s'était retournée pour me dévisager, stupéfaite.

– Tu sais pour combien il y en a, dans cette cuve ?

Non. Je ne savais pas. Je ne comprenais même pas la question. Elle m'avait expliqué.

– Un papier autographié de ma main, ça se vend aux enchères. Avec ce qu'il y a là, tu pourrais faire dix fois l'aller-retour à Miami en classe affaires.

Je ne savais pas quoi dire. Je n'avais jamais pensé à ça. C'était compliqué d'imaginer que ce soit vraiment possible que des gens viennent ici pour voler ses manuscrits, mais elle devait savoir mieux que moi. C'était quand même étrange de la regarder, décoiffée, à dix heures du matin, entretenir un feu dans le jardin en fleurs pour se défendre d'un cambriolage de papier. *Et vous faites ça souvent ?* j'avais demandé à tout hasard – *Toutes les deux semaines*, c'était ce qu'elle m'avait dit, et j'avais trouvé ça encore plus bizarre. Je ne savais pas exactement ce que je pensais d'elle à ce moment-là, j'avais du mal à recoller tous les morceaux, je regardais les bouts de feuilles carbonisées s'élever dans l'air au-dessus de nous comme toutes les hypothèses flottant dans mon cerveau. Je n'avais pas complètement exclu encore la possibilité qu'elle soit un peu fêlée. Il se passait trop de choses ici comme il s'en passait aussi un peu trop dans ses livres – dans ses livres, tout était plausible, mais d'une violente intensité. On avait la sensation que la lumière était toujours aveuglante, l'eau était trop mouillée, les chambres bondées, la chaleur étouffante, et tout paraissait arriver en accéléré. C'étaient des objets d'art qui se cabraient dans la main comme des anguilles fraîchement pêchées, qui glissaient entre les doigts d'une douleur éblouissante. Depuis le début, je résistais un peu à la tentation de l'identifier intégralement à ce qu'elle avait écrit – mais de la voir là, agitée, excédée sur l'herbe, alimentant un incendie contre un ennemi imaginaire, la sueur lui coulant derrière les oreilles, pieds nus, les yeux maquillés, c'était difficile de ne pas faire le rapport avec toutes ses héroïnes – une sororité de femmes en colère. Et c'était bien une femme en colère qui s'était assise à côté de moi sous la véranda après, pour regarder les flammes s'éteindre.

– Tu imagines ce que c'est, de grandir encerclée par les mots écrits sur toi ? Je n'étais pas équipée pour ça. Les journalistes ont tout raconté sur moi. J'étais la bonne cliente pour eux – muette la plupart du temps jusqu'à ce que je craque et que je les attaque physiquement. J'étais parfaite.

Je l'écoutais, fasciné, rendre leur profondeur de champ aux feuilles des articles que j'avais lus en diagonale avant de venir. Pour raconter ça, elle retrouvait malgré elle la voix précipitée, pierreuse, que j'avais entendue le premier jour et qui avait semblé disparaître ensuite – cette langue presque étrangère qui était sous sa prose, comme une flaque d'essence indétectable dans l'herbe haute. Elle s'était relevée après avoir dit ça, et tandis qu'elle marchait dos à moi vers le feu éteint, j'entendais sa voix nette, blessée – infante donnant ses instructions sur fond d'arbres fruitiers :

– Tu vois la maison ? C'est là que je vais mourir. Et je veux qu'ils soient un peu impressionnés quand ils me trouveront. Parce que je mérite de les impressionner. Parce que j'ai payé pour ça. Le prix maximum, qui est toujours le seul prix en cours. J'ai payé tous les jours pour ne pas mourir là où j'étais née. J'ai fait tout ce qui était en mon pouvoir pour ne pas être malheureuse – en tout cas pas de la façon qui avait été prévue pour moi. Quoi que ce soit exactement, j'ai accompli quelque chose, et comme je sais qu'ils ne voudront jamais y croire, je veux que l'endroit où je meure le leur dise pour moi. Que je méritais tout ça. À la fin, je méritais une maison, je méritais une terrasse, je méritais des cerisiers en fleur. Je mérite qu'ils se tapent la route compliquée dans les collines, jusqu'ici, parce que je veux qu'ils s'inclinent. Je veux les mettre à genoux jusqu'au bout. Je mérite qu'ils me trouvent là, avec mes peintures et mes sculptures, je mérite qu'ils glissent sur l'herbe mouillée devant la terrasse, qu'ils trébuchent avant de me trouver là où je serai tombée. Je mérite d'avoir le dernier mot. Je mérite qu'ils sachent que j'étais une dame.

Ici elle s'était arrêtée, le visage baissé, comme embarrassée par cette exigence, légèrement hésitante encore de ses propres conditions – mais finalement elle avait relevé la tête, bravement, dans le vent et la lumière déclinante du soir, et à ce moment, elle était une dame, en effet.

PARTIE 2

Les jours passaient et ne se ressemblaient pas toujours. Souvent, on faisait de la pâtisserie ensemble. Caroline connaissait un tas de recettes dont je n'avais jamais supposé l'existence, comme les cookies au beurre de cacahuète, la tarte à la banane ou le *whisky fudge.* Tous les deux dans la cuisine, les doigts collants de pâte à cake, on vidait méthodiquement les petites bouteilles de rhum alimentaire dans nos bouches et pas dans le saladier, et je branchais le dictaphone.

On récoltait des haricots dans le jardin. On faisait la lessive. En étendant ses sous-vêtements sur le fil derrière la maison, Caroline disait : *Les intellectuels me reprochent de ne pas faire dans la dentelle, mais tu vois : je fais de la littérature et la dentelle, je la porte.* On nourrissait les corbeaux de la terrasse. On allait au *supermarket* d'Exeter. On écossait des petits pois. On pique-niquait dans les champs. On faisait un saut à la mer, à Dawlish, à Seaton, à Branscombe. Du rivage, je la regardais, avec ses lunettes de soleil, et une cigarette toujours à portée, s'enfoncer dans la mer avec ses sandales en plastique. On collectionnait les galets dans nos poches, et on allait partout ensemble. On continuait à enregistrer.

Certains soirs, on s'allongeait tous les deux sur son king-sized bed pour regarder la télévision. Un bol de glace dans les mains, je me sentais plus proche d'elle que de personne. Je l'aimais passionnément, déjà, à ce moment-là, je m'en aperçois maintenant. Si je restais dans le Devon avec elle, si je l'accompagnais partout, ce n'était plus seulement parce qu'elle était écrivain ou tyrannique, mais parce qu'avec Caroline, pour la première fois de ma vie, j'avais droit à une enfance. Je rattrapais mon temps massacré, pendant qu'elle faisait le compte du sien. Je l'aimais parce qu'elle était maternelle, à sa façon, les litres d'alcool qu'elle me versait étaient des cuillerées portées légèrement à ma bouche, en me racontant une histoire. Je l'aimais parce que, parfois, elle me prenait dans ses bras, furtivement, repoussait les cheveux de mes yeux du bout des doigts, l'air de ne pas y toucher. Je l'aimais pour cette intimité neuve qu'elle m'offrait, sa bienveillance, tellement différente de celle de Piet – il est allongé sur le canapé en face de moi pendant que j'écris ces phrases, irréprochable, souriant, mais il ne peut pas m'atteindre avec sa voix sur le terrain miné de ma jeunesse dont il ne sait rien – pas plus qu'il ne pourrait saisir exactement la qualité extraordinaire de notre présence, Caroline et moi, suçotant nos cuillères côte à côte en paix sur le même lit.

Parce que ces soirs-là, je pensais à nos enfances. Elle avec son kiwi domestique et sa famille avide, et moi chez mes parents, au bord du périf, cerné de tous les côtés par les poings serrés de mon père, parce que j'étais homosexuel, quand j'étais petit déjà, je savais ça, et je savais que j'étais en danger de mort alors. Nous avions ça en commun, cette somme écrasante et inracontable. Aucun mot ne pouvait vraiment dire la tristesse de mon enfance et de la sienne. Le langage était un code trop articulé pour dépeindre nos saccages respectifs. Je nous voyais, elle et moi, reflétés sur l'écran opaque à la fin du film, comme des miraculés sur une photo de guerre en noir et blanc. Nous avions survécu, vraiment. Elle avait écrit des livres et j'en avais lus, et nous étions là. Nous étions là à parler comme si rien de grave n'était jamais arrivé.

« Pour *Klitchko,* ils m'ont demandé de participer au script. C'était la première fois que j'écrivais pour le cinéma.

– C'était enrichissant ?

– Attends, tu veux savoir quoi ? Si j'ai fait du blé ? Oui. Si j'ai aimé ça ? Pas des masses.

– Pourquoi ?

– Il fallait *coopérer*.

– Lequel de vos livres s'est le mieux vendu ?

– *De ce côté-là de la tombe ou de l'autre aussi bien.* Ça en dit long sur l'état des gens.

– Combien vous en avez vendu ?

– Je sais pas. Plein.

– Quels sont vos horaires de travail ?

– Je commence à travailler quand t'as fini de me poser tes foutues questions, et je m'arrête quand tu reviens à la charge. En gros.

– Où est-ce que vous écrivez ?

– J'aime bien travailler face à une fenêtre, assise à une table au milieu d'une pièce. Mais j'écris aussi dans mon lit ou sur la terrasse. Ça dépend.

– Qu'est-ce que vous faites quand vous n'écrivez pas ?

– Je ne sais plus.

– Qu'est-ce que vous vouliez faire quand vous étiez enfant ?

– Acheter un tractopelle et faire des casses, mais ce n'est jamais arrivé.

– Votre défaut principal ?

– L'arrogance.

– Votre qualité principale ?

– L'arrogance.

– Vous croyez à votre postérité ?

– Non. Je crois que quand on est mort, c'est pour toujours.

– Comment est-ce que vous écrivez ?

– Le mieux que je peux.

– Non, je veux dire, comment, à la main, à la machine, comment ?

– Ouais. À la machine. Après, je fais les corrections à la main. Avec un *feutre*. Pourquoi tu me demandes ça ?

– Parce que c'est une interview.

– C'est vraiment important, ce genre de détails ?

– Oui.

– Tu voudrais peut-être que j'arrête de me faire les ongles et que je t'écoute pour de bon, dans ce cas, non ?

– Oui. Ce serait bien.

– OK. Détends-toi, mon lapin. Tout va bien se passer.

Et tout se passait bien, en effet. Le soir, Caroline nous préparait des cocktails, et me servait de la *piña colada* dans une vraie noix de coco vide. Je tenais cette coupe contre mon cœur avec autant de délicatesse que j'en aurais eu pour une coquille d'œuf pendant qu'elle m'expliquait, satisfaite, en étendant ses longues jambes :

– J'ai toujours adoré faire ça. Assembler des éléments avec soin. Sirop, jus, liqueur, citron, ombrelle de papier. C'est exactement comme écrire, au fond. La littérature est un travail comme un autre. C'est un travail phénoménal et extraordinaire et je ne l'ai pas toujours fait aussi bien que j'aurais voulu mais je peux dire que j'ai toujours essayé de mon mieux.

Et de le dire, c'est rien, je pensais.

– C'était très difficile ?

– Tout le temps et encore plus quand j'étais mariée.

Je n'étais pas sûr d'avoir bien entendu la fin de sa phrase. Caroline m'avait lancé un regard furtif, et enchaîné :

– C'est au café que j'ai appris à faire les cocktails. Quand je suis revenue de Paris, la saison allait commencer. Je suis allée voir mon ancien patron, et je l'ai supplié de me reprendre. *Toujours aussi tarée,* il m'a répondu en me collant d'office une caisse de bières dans les bras. *Mais attention à toi : si tu te tires encore une fois en plein milieu de tout, je te retrouve et je te finis à coups de cailloux. – J'espère bien,* je lui ai dit en commençant à ranger les bouteilles. Parce que je pouvais voir derrière son épaule les vieux habitués fidèles à leur poste, debout comme des chevaux, et que quitte à servir des hommes, je préférais encore faire du café pour eux, pêcheurs aux dents pourries qui ne me mordraient jamais, qui n'auraient pas une seconde l'idée de me violenter pour de la poésie, eux pour qui l'amour et la passion se résumaient à empoigner les fesses d'une fille, mais pas du tout à attendre d'elle des choses inexplicables et terribles. Eux, ils n'avaient pas besoin de savoir. Ils avaient besoin de boire. Alors j'alignais les verres sur le bar et je les remplissais d'un seul mouvement horizontal du bras, sans renverser une goutte, sans pleurer. La dernière fois que j'étais partie, j'avais bien failli tout perdre, alors cette fois, je n'aurais pas décollé de ce bar pour un million de dollars. J'étais de retour chez moi. J'étais en vie. Je flambais du *kahlúa* au chalumeau. Les grands soirs, je servais le punch sur un plateau debout dans la rue, et quand les touristes me demandaient : *Vous me l'avez fait avec amour ?* je leur disais que non, je l'avais fait avec du rhum. Je me demandais si je serais à nouveau capable d'amour un jour. La splendeur frénétique de l'été recollait tout ce que le passé et les livres avaient fêlé et continuaient à fêler. Un des piliers de bar m'a réparé ma machine à écrire, et tous les matins, de quatre à sept heures, je me suis mise à écrire toute seule avec la même régularité infaillible qui m'était venue quand je travaillais pour Jude. Je dormais dans un petit studio étouffant au-dessus du café, et après avoir lavé la vaisselle et le sol, je grimpais dans le hamac qui était mon lit et j'écrivais des nouvelles jusqu'à ce qu'il fasse jour. Pages empilées. Coquillages au petit déjeuner. Jus de fruits. Et puis pleurer incognito dans la mer parce que Jude me manquait. Sécher mon corps et mes larmes et retourner au travail. Dépenser mes forces à trouver un moyen de traduire les bruits de la prairie, gémissement d'enfants dans le maïs, crépitement huileux de friture, déglutition de nos mères dans le salon, knacki-balls et soda. J'ai écrit tous les matins pendant un mois, et des heures plus tard j'étais encore là et vaillante à tenir bon dans les bagarres de chaises et de bouteilles, j'avais toujours des forces pour hurler sur les touristes pour qu'ils se tirent et que je puisse retourner écrire. J'ai marché dans les pas de Jude parce qu'ils étaient les seuls auxquels je pouvais penser, et comme disait un poème qu'il m'avait dicté, on pouvait partir d'où on voulait, on arrivait toujours au même endroit. Trois semaines après que j'ai posté mes nouvelles, un éditeur m'a téléphoné pour me dire que mon livre était accepté, mais qu'il fallait un titre. J'étais encore dans mon hamac, alors j'ai simplement dit : *hamac,* et ça a été mon premier livre. Jamais je n'avais eu à ce point la sensation que ma vie était entre mes mains et d'avoir les doigts écartés. J'étais beaucoup ivre. Je n'y pensais pas. Je pensais à la solidité de la poésie et à la vie qui doit continuer même si on a oublié pourquoi.

Dans ses yeux, brillants comme du métal, je pouvais voir la jeune fille précoce, sulfureuse et effrayée, qui, cet été-là, avait accompli cet exploit insigne de servir à boire dix heures par jour et de s'empêcher de dormir pour devenir un écrivain. *Dafné,* la première nouvelle de *Hamac,* racontait l'histoire étrange d'une enfant de onze ans tombant enceinte avant que sa sœur aînée n'ait commencé à avoir ses règles. Dans un langage incandescent, la sœur aînée disait la jalousie, le déséquilibre, l'humiliation, la famille, l'honneur, la vengeance, la détresse. Quand je lui avais demandé comment elle avait eu l'idée de la nouvelle, Caroline m'avait regardé bien en face avant de me répondre.

– Mais il n'y a pas d'idée, Lou. C'est quelque chose que j'ai vu. Arriver en vrai. *Dafné,* c'est l'histoire de ma grande copine Vanessa Trocadéro, ou plutôt de Wanda Trocadéro, sa frangine.

– Oh, j'avais dit. Oh.

– Tu croyais que j'avais inventé une histoire comme celle-là ? Non. J'en ai inventé quelques-unes presque aussi compliquées, mais pas celle-là. Quand j'ai écrit *Dafné,* je me sentais incapable d'imaginer quoi que ce soit. J'étais à bout de forces.

Je n'avais même jamais repensé à cette affaire depuis des années. Mais quand j'ai allumé la machine la première nuit, elle m'est revenue toute seule – parce que c'était *déjà* une histoire. Une histoire qui n'avait pas été écrite, et qui attendait de l'être depuis tout ce temps. Contenant en elle-même tous les éléments nécessaires à un récit – un peu comme un kit. Les souvenirs de la journée de l'accouchement de Wanda. Ses cris profonds et terrifiants, s'échappant du vasistas panoramique d'une caravane parmi les autres sur le terrain forain, le bruit que feraient deux enfants entortillés ensemble et qui voudraient urgemment, à tout prix, qu'on les sépare l'un de l'autre. Je les imaginais tous les deux, elle si petite, à onze ans, tentant d'expulser ce bébé évidemment trop grand pour elle, et quelle que soit la combinaison de mouvements à laquelle je pensais, ils restaient toujours dangereusement coincés l'un dans l'autre. C'est une anecdote à présent que l'eau a coulé sous les ponts, mais je t'assure que le jour même, personne ne pariait un kopeck ni sur Wanda ni sur le gosse. On a tous simplement attendu, à proximité, pris en étau entre les cris perçants des deux et la lumière déclinante du soir. Wanda Trocadéro n'était pas ma copine – c'était seulement la petite sœur inepte de ma meilleure amie – mais ce soir-là, j'étais attentive à chacun de ses bruits parce que je savais qu'elle était en train d'accomplir quelque chose d'extra-ordinaire, quelque chose qui n'était pas du tout *gagné d'avance*. Je me souviens de ça. Le reste de cet épisode, c'est-à-dire combien Vanessa a été démolie par tout ça, et dans quelle mesure Wanda était innocente ou pas d'avoir découvert à onze ans qu'elle était enceinte de cinq mois, et qui lui avait fait ce bébé et où et pourquoi et comment elle l'a appelé quand il a été là, tu t'en souviens aussi bien que moi si tu as lu la nouvelle. Tout est là – et je l'ai su dès que j'ai eu fini de l'écrire. Du fin fond de mon hamac, j'avais détourné ma vie passée comme un fleuve, et j'en avais fait quelque chose. Mais alors que je venais, pour la première fois de ma vie, d'accomplir le miracle des phrases, et que je restais frappée par la capacité des mots à restituer aussi nettement une réalité auparavant opaque, précaire, je ne savais pas encore qu'on écrit des choses d'une façon qu'on croit réaliste pour découvrir que le reste du monde n'en a simplement jamais entendu parler.

Elle m'avait lancé un regard qui disait ce qu'aucun de nous ne dirait parce qu'on le savait trop bien tous les deux – que ceux qui connaissaient ce dont elle parlait n'étaient pas souvent en mesure de lire. Ses parents, les miens, les gens qu'on avait connus, enfants, à l'école, sur le terrain de basket, les voisins, les Lang, quel que soit le nom qu'ils portaient, tous autant qu'ils étaient, ouvraient plus souvent une boîte de chili qu'un livre – parce que *les bouquins, c'était pour les tafioles,* et aussi pour un tas d'autres raisons qu'elle avait rendues limpides dans ses livres sans jamais pouvoir en assourdir la tristesse. Elle avait recommencé à parler, en évitant le sujet comme on se déplace autour d'un précipice.

– À l'automne, quand le livre est sorti, j'étais toujours là, debout sur le bar, en bikini, les pieds collants. Quand les journalistes ont commencé à parler de moi comme d'un auteur, j'ouvrais des paquets de cacahuètes avec les dents et deux grammes dans le sang. Quand ils se sont mis à évoquer mon visage dans leurs articles. Mon âge. Mon sexe. À mettre en doute mon existence. À discuter ma syntaxe. Tout le temps qu'ils me cherchaient des influences, je pilais de la glace. Et quand ils ont commencé à parler de ma violence, j'étais là encore, et je les ai entendus. Quand ils m'ont fait comprendre, avec leurs fins sourires, que *tout ce que je connaissais du monde, c'était sa violence*. Que même mes bons moments, même les belles choses que j'avais cru avoir, et voulu décrire dans mes nouvelles, même l'amour dans le maïs, même la boxe miraculeuse, même les petits hérissons grillés, même la dernière des Lang, Perdita Kelly, neuf mois et demi, souriant avec son biberon de Coca dans le pneu qui lui servait de baby-relax, c'était la violence. Que j'avais du style, mais que j'étais une menteuse, parce que rien d'aussi terrible ne pouvait exister. Que j'exagérais. Ce qu'ils appelaient la violence, c'était simplement ce qu'ils ne reconnaissaient pas. C'était le mot qu'ils avaient trouvé pour rejeter loin d'eux ce dont parlait mon livre. Ils ne me rejetaient pas, moi, mais quelque chose qui était dedans mes livres comme un œil presque imperceptible dans la fourrure d'une bête féroce, ils se protégeaient de ce regard-là, en l'invalidant par ce mot de *violence.* Sauf que c'est une loi d'airain du champ artistique : l'attaque et le scandale sont les formes de consécration les plus solides. En se trompant, ils m'ont donné une identité, parce que j'ai su tout de suite ce qu'ils retiendraient, à quoi ils seraient sensibles, ces imbéciles. Les premières années, j'ai fait tout ce que je pouvais pour creuser ma propre veine jusqu'à ce qu'ils n'aient plus de mots assez blessants pour en parler, jusqu'à ce qu'ils ne puissent plus se défendre contre ma narration. Je les ai tus. Mais mon Dieu, j'ai été blessée – blessée encore une fois. Blessée deux fois, tu sais, parce que même après que j'ai écrit mon propre livre, Jude est resté muet.

« En octobre, quand la saison s'est terminée, je suis restée vivre dans le café fermé. J'ai entassé des couvertures dans le hamac, et je descendais le matin boire mon thé toute seule dans la salle. J'ai poussé toutes les tables contre un mur sauf une, et je me suis remise à écrire dans le silence de la station balnéaire désertée. La journée, je partais pêcher en chalutier avec les vieux, et la nuit, j'apprenais à faire des phrases. Assise à la machine, je fixais en face de moi le vide où s'était trouvé Jude moins d'un an plus tôt. Et je devais me concentrer pour entendre ma propre voix sous le murmure de son souvenir. Les forains me laissaient tirer à la carabine dans des ballons tout l'aprem si j'étais nerveuse. Je n'essayais même pas encore de faire une œuvre pourtant – je n'avais pas peur de mourir sans avoir fini parce que je savais que je n'avais rien commencé, j'avais juste tapé des mots sur le papier. J'écrasais mes cigarettes, je comptais mes mots, la mécanique était bien graissée. Je gagnais ma vie, et je la rachetais aussi. J'ai signé mon deuxième contrat, pour *Ma jeunesse au tout-venant,* et je suis venue m'installer à Paris dans un appartement que m'avait trouvé l'éditeur pour m'avoir sous la main. Je crois que je me disais aussi que peut-être, un jour, je croiserais Jude dans la rue, et je pourrais lui expliquer que je lui avais jamais voulu aucun mal. Mais ce n'est jamais arrivé. Et je continuais à travailler. Je n'attendais rien, parce que je m'attendais à tout. J'écrivais des livres et j'y connaissais toujours aussi rien. J'étais jeune. J'étais effroyablement jeune et je faisais un métier d'adulte et ça se vendait comme des petits pains. C'était tout ce que je savais. Ça et qu'il n'y avait personne avec qui je pouvais en parler. Parce que j'étais cette fille de périphérie qui se castagnait dans le maïs et rêvait de gagner sa vie en braquant des distributeurs de boissons, et puis je me suis mise à écrire des romans. À qui je pourrais dire ça ? Dans toute ma vie, dans les interviews, à qui je parlerais d'Elvis, la première personne que j'ai prise dans mes bras pourrissant le long des docks maintenant, des allers-retours le long de la mer dans des voitures prêtées pour aller ramener les habitués chez eux quand ils avaient trop bu, de ma conscience de classe, des plages anéanties de mon bord de mer ? À qui je dirais que c'était hier ? Je ne suis qu'une fille qui s'est mise à écrire des phrases au lieu de les dire, et le voyeurisme a emporté tout ça. À qui je dirais que ça m'est tombé dessus, la suite ? Que c'est la suite qui a été un accident ?

– À moi.

– Oui. À toi.

Elle m'avait fait un sourire immense, et elle avait choqué son verre contre le mien. Elle avait l'air très heureuse.

Cette nuit-là, comme toutes les autres, allongé dans le noir de ma petite chambre, je m'étais repassé l'enregistrement de la journée. Dès le début, allongé dans le noir, le casque collé aux oreilles, quelque chose m'avait paru bizarre, mais j'avais écouté toute la bande sans pouvoir mettre le doigt dessus. C'était seulement à la deuxième écoute que j'avais retrouvé ce qui m'avait frappé. Dans les premières minutes de l'enregistrement, Caroline disait : *quand j'étais mariée.*

Ça pouvait être un simple lapsus, mais au même moment ça faisait un écho dans ma tête, comme une information que j'aurais connue, et puis oubliée. Un bruit de fond, une rumeur que je ne pouvais plus décoder. Et puis ça n'allait pas. J'avais vu cette femme tous les jours depuis plusieurs semaines, et je savais combien elle était fascinante, inimitable, combien elle pouvait être intensément belle parfois – quand elle traversait les pièces de sa maison en courant, immense, sa beauté me sautait au visage comme un chat quand je ne m'y attendais pas. Je ne me demandais pas qui avait pu vouloir l'épouser, mais qui avait pu la convaincre d'accepter. Et où pouvait se trouver maintenant cette personne dont elle ne m'avait jamais parlé avant ça ? Pourquoi est-ce qu'elle faisait son apparition aussi tard et aussi furtivement que trois secondes d'enregistrement ? Depuis que j'étais ici, nous n'avions vu personne. Même pas un voisin qui serait venu emprunter une tasse de sucre. Comment est-ce qu'on pourrait avoir été mariée et être aussi absolument seule ?

Quand Caroline était apparue à son heure habituelle, le lendemain, ça faisait déjà deux heures que j'étais debout à l'attendre dans la cuisine – j'avais essayé de me faire une omelette pour passer le temps, mais, après avoir brisé deux œufs juste en les prenant dans ma main tellement j'étais nerveux, je m'étais rabattu sur un reste de crumble, et j'étais en train de laver le plat quand elle était arrivée. J'avais laissé passer quelques minutes et puis j'avais pris mon courage à deux mains pour lui demander, l'air de rien :

– Vous avez dit hier que vous aviez écrit en permanence depuis vos dix-neuf ans.

– C'est vrai, elle avait murmuré en fourrageant dans le frigo. Elle venait juste de se lever, elle portait encore son kimono, et je ne voulais pas avoir l'air trop abrupt. J'avais attendu qu'elle trouve ce qu'elle cherchait – une bouteille de lait – pour continuer.

– Pourtant, d'après votre bibliographie, vous n'avez sorti aucun livre pendant un an et demi.

– Parce que j'étais occupée à divorcer.

Elle ne me regardait toujours pas. Elle versait le lait avec application dans ses céréales.

– Mais de qui ?

La bouche pleine, Caroline avait levé les yeux au ciel pour me signifier que j'étais vraiment extrêmement stupide.

– À ton avis ? D'abord de Nuvoli. Et puis de Spacek.

– ... Ce sont vos ex-maris ?

– Bien sûr. Art Nuvoli et Marius Spacek.

J'étais stupéfait. Elle avait été mariée *deux* fois. Et j'avais eu les indices devant moi depuis le début sans les voir. Je pensais m'être préparé à tout, mais encore une fois elle me mettait à l'amende. Caroline – Nuvoli – Spacek. Comment j'avais pu être aussi sourd ?

– Mais pourquoi – pourquoi est-ce que vous les avez épousés ?

Sur la bande, il y a d'abord un silence, et puis la voix blanche, parfaitement audible de Caroline qui répond :

– Parce qu'ils me l'ont demandé.

« Art était photographe. Il était venu chez moi faire mon portrait pour la maison d'édition. *Tu as ouvert la porte, et je te vois toujours comme je t'ai vue ce jour-là, pour la première fois. Tu as fait du thé. Tu m'as montré ta machine à écrire, avec le mouvement que tu aurais eu pour me donner un caillou ou une feuille morte, si tu avais été un enfant. Tu étais tellement étrange – debout, en bermuda, dans cet appartement minuscule et presque vide où tu vivais, avec seulement un service à thé, et ta machine, et le matelas par terre. Je te regardais, et je n'avais même pas lu* Hamac. *Parfois j'ai simplement l'impression que ce n'est jamais arrivé, que c'est encore à venir, parce que c'est intact, parce qu'à chaque fois que je te vois, c'est comme si c'était la première fois à nouveau. Tu venais juste de commencer à écrire les nouvelles qui deviendraient* Pas de négociations. *Je venais de tomber amoureux de toi.* La voix d'Art, intacte dans la mémoire. C'était il y a presque vingt ans maintenant. L'instant intouchable de la rencontre. Le temps qui ne peut pas passer. Le temps qui reste. Interdit comme mon visage noir et blanc sur le premier instantané officiel, mes yeux grands ouverts dans lesquels je suis la seule maintenant à pouvoir reconnaître ma propre surprise, la tendresse dans mes yeux qui le voyaient pour la première fois. Mon premier mari à la patience olympienne, à la peau soyeuse. Art qui était la bonté – une main sur mon épaule nue secouée par la phrase qui s'écrivait au bout de mon bras, infinie, la phrase toujours suivie par une autre, la phrase qui devenait un paragraphe, puis une page, puis un chapitre entier, puis un livre qui nous a écrasés et broyés, tous les deux, ignorants comme nous étions, heureux, sourds, dans notre nouveauté de jeunes mariés, au bruit muet de l'écriture en train d'arriver. Quand il rentrait le soir et venait s'asseoir derrière moi, avec cette extrême délicatesse qui faisait sa grâce, aucun de nous ne détectait dans le mouvement saccadé de mon épaule la décharge meurtrière de ma main sur les touches, armant et réarmant sans fin. Je cherchais mon chemin dans la neige et le silence et je tapais avec une seule main parce que l'autre tenait la cigarette. J'avançais dans mes propres livres comme avec une lampe torche dans le noir, éclairant l'espace petit à petit, devinant lentement ce dans quoi je m'engageais. Chaque mot posé me donnait une idée plus précise du livre qui s'annonçait, un élément de réponse sur la destination vers laquelle j'allais, doucement, comme perdue, comme légèrement saoule dans l'eau noire et dense d'un fleuve la nuit, poissée dans mes vêtements, nageant, nageant sans cesse et en tenant la lampe entre mes dents, pour ne pas me noyer dans la liquidité des phrases. Au lit, Art me prenait comme s'il m'avait enveloppée dans une couverture, ce calme immense qu'il faisait pour moi, je ne sais pas comment, de la neige qui tombait à l'intérieur de la tête, la paix, un instant seulement. Après, je faisais craquer mes doigts, et je reprenais là où j'en étais – une épouse de vingt et un ans, inexpérimentée, instable, propulsée best-seller en une nuit, pour laquelle tous les matins avant de partir travailler Art préparait soigneusement le thé dans les tasses que Marius fracasserait, à peine un an plus tard, dans une de nos disputes légendaires, avant de ramasser les morceaux et d'essayer vainement de les recoller – ça, c'était tout Marius, violent et ordonné – Art ne cassait pas. Art entrait dans une pièce et tout devenait lumineux. Il se lovait contre moi et me laissait nous désagréger dans les phrases, les mots sortant les uns après les autres de ma tête, en courant, comme d'un immeuble en flammes. Après notre séparation, quand je revenais poser pour lui, puisqu'il était resté mon photographe, je ne pouvais toujours pas y croire, je lui demandais, entre deux flashs, *Qu'est-ce qui nous est arrivé, Art ? – Ton livre nous est arrivé. Je n'ai pas arrêté de t'aimer, et tu n'as pas arrêté d'écrire. Qui pouvait vivre avec la personne que tu étais en train de devenir ? Je ne t'ai pas quittée, Caroline. Je t'ai simplement laissée travailler. Pas de négociations.* Meurtri et souriant. Bienveillant comme il était tout le temps. Il m'avait présenté sa sœur Meredith dans les premiers mois, elle était devenue ma meilleure amie et j'allais dîner chez elle où il s'était installé après être parti. Je revenais dormir contre son corps tellement aimé, je revenais là où j'avais été en sécurité, et j'essayais de comprendre comment les lignes parfaites de mots que j'écrivais avaient pu si bien être des fils barbelés entre nous, je lui demandais *mais pourquoi – pourquoi est-ce qu'on a divorcé ?*

– Parce que Marius a voulu t'épouser.

La personne que tu étais en train de devenir – est-ce que c'était la même personne qui était en face de moi maintenant ? Caroline assise devant moi, la tête dans les mains, fragile, désolée. Son visage délicat dans cette main solide. *Un bon résumé de ce qu'elle était,* je pensais en lui rendant son regard – une femme, avec tout ce que ça pouvait supposer en matière de fragilité, mais aussi une combattante, quelqu'un qui avait tout construit du bout de ses doigts. Ses ongles étaient vernis de la même couleur que ses orteils, toujours ce même rose rouge qui était sans doute sa couleur préférée, une couleur qui lui allait bien, quelque part à mi-chemin entre le sang et les fleurs. Je contemplais ses doigts de professionnelle, son outil de travail, en me demandant comment est-ce qu'ils avaient pu à la fois faire fuir Nuvoli et m'attirer jusqu'ici. Qu'est-ce qu'elle avait pu faire, à l'époque, qu'est-ce qu'elle avait bien pu *être* pour convaincre quelqu'un de la quitter ? *Il faut que tu parles à Marius maintenant,* avait dit Caroline comme si elle avait entendu ce qui se passait dans ma tête, et elle m'avait collé le combiné dans les mains avant de remonter s'enfermer dans son bureau. *Marius est mon éditeur, au fait,* elle avait crié d'en haut pendant que j'attendais que mon interlocuteur décroche, tenant dans mes doigts l'exemplaire de leur portrait de mariage qu'elle m'avait tendu en même temps que le téléphone. Je regardais avec incrédulité son visage, souriant et minuscule au-dessus d'un tailleur ivoire, reposant sur l'épaule d'un homme d'une beauté tapageuse, à la mâchoire serrée à fond, quand Marius Spacek avait décroché. Sa voix était grave, élégante, sur la défensive – la voix qu'aurait pu avoir un lion si les lions parlaient dans des téléphones. Alors, je m'étais enroulé autour du combiné, et j'avais écouté ce que cette voix avait à me dire.

« Que je comprenne bien. Vous me téléphonez pour savoir pourquoi j'ai épousé Caroline ?

– Oui.

C'était troublant de penser que j'ignorais totalement son existence juste quelques heures plus tôt, mais que maintenant, je pouvais détecter son sourire, à des kilomètres, voyageant dans des fils électriques sous la Manche, quand il répondait :

– Mais, enfin, j'aimais ses livres. À l'époque, je n'étais qu'assistant-éditeur, mais à chaque fois qu'une de ses nouvelles arrivait au bureau, je me jetais dessus – pas étonnant qu'après, je me sois jeté sur elle aussi – sauf que c'était comme de se jeter sous un train. Rien ne l'arrêtait. On lui fixait des rendez-vous pour des interviews, des conférences de presse, et elle ne venait jamais. Elle se pointait la bouche en cœur cinq heures plus tard, parfaitement innocente, adorable. *Mais où tu étais passée, Caroline ? – Oh, j'écrivais ça, là* – et elle nous balançait dix pages de prose éblouissante, irréprochable. Elle nous rendait cinglés. On n'avait jamais vu ça. On n'avait jamais vu quelqu'un d'aussi jeune écrire aussi bien, et quand elle arrivait au bureau, on y croyait encore moins. Écoutez. Elle avait vingt ans. Elle avait l'air incroyablement fragile, mais elle était aussi obstinée qu'un mauvais cheval. Elle était irrésistible, mais mon Dieu, elle était *invivable*. Quand on lui mettait la main sur l'épaule par inadvertance, elle sursautait comme si elle allait nous envoyer un punch. Je me suis battu avec elle. Je sais de quoi je parle. À vrai dire, je suis surpris qu'elle ait accepté de vous répondre. Vous comprenez, je l'ai épousée, et elle ne voulait pas souvent me répondre, à moi. Quand je l'emmenais au restaurant, elle lisait à table. Oh, elle était infernale. Elle lisait dans notre lit, dans l'ascenseur, le taxi, au thé du dimanche chez ma mère. Et elle écrivait dans la salle de bains. J'ai mis un long moment à me rendre compte qu'elle avait installé un bureau dedans – fixé des étagères, déménagé ses livres préférés, petit à petit, fait des réserves de papier dans l'armoire à pharmacie – à mon insu. Clandestinement de moi qui étais son époux. Voilà comment elle était. Elle passait son temps dans la salle de bains, et quand elle réapparaissait, elle n'était toujours pas lavée. Ni habillée. Je devenais fou. *C'est une bonne journée, mon amour,* elle me disait en émergeant, radieuse. *J'ai écrit*. J'essayais encore de rester calme. *Caroline,* je lui disais, *il est trois heures du matin. Et tu écris tous les jours. Tu écris toute la journée et toute la nuit. Tu n'es jamais là. – Mais je suis simplement dans la salle de bains, Marius*. J'avais envie de lui taper la tête contre les murs. J'aurais donné n'importe quoi pour pouvoir l'atteindre, la captiver au moins assez pour qu'elle lève les yeux de son clavier une minute. Elle est toujours cette enfant terrible que j'ai épousée, n'est-ce pas ? Et elle ne changera jamais. Je me cramponnais à elle. J'étais pitoyable. Je ne savais même plus à la fin si je la voulais comme un dû, parce que je l'avais épousée et que, d'une façon ou d'une autre, j'attendais d'elle qu'elle soit mienne puisqu'elle s'y était engagée, ou si je la voulais pour la bonne raison qu'est la passion. Quand j'ai lu son livre, après le divorce, il était parfait, évidemment. Mais il nous avait coûté un mariage. J'ai tout essayé avec elle, Dieu sait que je ne lui voulais que du bien, mais elle ne voulait rien entendre, bien sûr. Elle était simplement beaucoup plus forte que moi. Elle était plus forte que tout le monde. Et folle. Faites-moi plaisir. Pensez à dire qu'elle était folle. C'est toujours le cas, certainement. Elle voulait écrire des livres. Le temps a montré qu'elle avait raison, j'imagine. Est-ce que je préférerais être toujours marié avec elle ? Non. Je préfère lire les livres qu'elle a écrits après m'avoir mis hors circuit – et les lire le plus loin possible de là où elle se trouve. Je dois vous laisser maintenant, on m'attend pour un tennis. Vous l'embrasserez pour moi. Et bonne chance.

Caroline était redescendue presque à la seconde où j'avais raccroché.

– Alors ? elle avait demandé.

– Il vous embrasse, j'avais répondu, légèrement étourdi encore.

Elle avait souri.

– Ça fait des années que je ne l'ai pas vu.

Je ne comprenais rien. Je l'avais regardée ouvrir une bouteille de vin dans la cuisine, servir deux verres, boire le sien, assise dans un fauteuil devant moi, allumer une cigarette. Elle souriait toujours, mais plus faiblement.

– Je n'ai couché avec personne pour être publiée, Lou. J'ai épousé un de mes éditeurs, et il s'allongeait en travers de mon bureau en hurlant pour m'empêcher de me mettre au travail. Il se mettait entre moi et les livres, mâle alpha, je venais buter contre son corps à chaque fois que j'avais besoin de travailler. Tu me demandes pourquoi je n'ai pas publié cette année-là ? Voilà pourquoi. Marius voulait que je porte les robes qu'il me faisait faire sur mesure, et je voulais faire de la littérature. Quand il jouissait en moi, j'avais l'impression qu'il était un de ces avions qui vont balancer des tracts au-dessus de la forêt amazonienne – l'impression qu'il essayait de communiquer avec moi, violemment, excessivement, avec moi qui n'étais pas et ne serais en fait jamais bonne pour la communication, le contact. Nous glissions à la surface l'un de l'autre, comme sur un fleuve gelé. Il n'en pouvait plus de me voir en train d'écrire toute la journée, il me rapportait des robes et du maquillage, il les déposait devant moi comme on attire les bêtes sauvages avec des fruits et du miel. Il aurait fait de moi une femme si je l'avais laissé faire, mais j'étais un écrivain, et on ne me pliait pas avec de l'organza. Comprends-moi. J'avais vingt-deux ans. J'aimais cet homme. Mais tout ce que j'aimais d'autre le rendait littéralement cinglé. Il a défoncé la porte de ma salle de bains le jour où je m'y suis enfermée pour finir un texte à temps. Quand le bois a fini par céder sous ses coups répétés, il m'est tombé dessus, immense, furieux, il m'est tombé dans les bras avec son splendide visage haineux, et je lui ai fait l'amour pour la dernière fois.

Je l'avais regardée avec compassion, j'aurais voulu dire quelque chose pour la consoler, mais Caroline avait levé une main pour m'empêcher de parler :

– Je me suis sentie soulagée quand ça a été fini. À ce moment-là, divorcer, ça voulait d'abord dire que j'allais pouvoir écrire dans un endroit confortable à nouveau. C'était comme rentrer de la guerre et recommencer à manger chaud. Ça n'a pas semblé grave, parce que ça ressemblait beaucoup à la paix. Me marier, divorcer, me marier et divorcer encore, tout était allé à tombeau ouvert. Dans l'affrontement perpétuel de notre mariage, j'avais oublié l'homme lettré et sincère qu'avait été Marius avant que j'en fasse ce sauvage dont il fallait toujours se protéger. Ses affaires, son incroyable accent de la haute, le rugissement de sa colère justifiée – tout avait disparu. Il n'y avait plus qu'un silence profond dans lequel je me suis immédiatement remise à travailler, sans voir ce qui se profilait à l'horizon. J'étais fière, parce que je savais que personne ne le serait pour moi. Jude, où qu'il soit, restait obstinément silencieux. C'était seule que je devais faire face à tout ce que l'écriture avait détruit et construit dans ma vie. J'étais enroulée autour de moi-même, autour de la machine à écrire. Le matin, je me calais dans mes couvertures comme dans une canadienne, j'écrivais pendant des heures, je ne me lavais pas, je fumais les cigarettes à la chaîne. Je tapais sur la machine parce que je ne savais pas comment taper sur moi. Quand je sortais me dégourdir les jambes, la nuit, j'aimais passer derrière la vieille ménagerie du Jardin des Plantes pour respirer les odeurs des fauves – sans doute parce que cette odeur âcre de violence était aussi la mienne, si on en croyait les journalistes. Sans doute parce que moi aussi je tournais en rond. Depuis déjà quatre ans, je décrivais inlassablement, inlassablement la vie que j'avais connue. C'était tout ce que je faisais – ravaler cette histoire, faire du papier avec la démence insigne de mon père, avec la peau de ma mère gorgée d'eau comme un sac en plastique, faire du papier avec et le mâcher pour que ça passe, avec la même minutie que les peintres débutants peignent infatigablement leurs chambres misérables. C'était ma vie et c'était comme un cheval que je ne pouvais plus tenir. Je me croyais scandaleusement heureuse. Je m'enrichissais en perdant pied. Ma solitude comme un trophée. Ma détresse prodigieuse. *Le Malheur* est paru et la presse s'est jetée dessus avec une indécence absolue, pornographique, pour ce livre que j'avais écrit de toutes mes forces, enfermée dans ma salle de bains, sacrifiant un mariage pour assurer mes phrases, mon premier roman, mon morceau de bravoure, blessant Marius comme j'avais blessé Art. J'avais essayé de faire de mon mieux et je récoltais le pire. Ils concédaient que c'était un bon livre à la seule condition de pouvoir me dépecer au passage. Avec le recul, je dirais que c'est avec ce livre-là que ça a vraiment dérapé entre les journalistes et moi. Ils sont allés trop loin. Je suis partie.

À chaque instant, je pensais qu'elle allait arrêter de parler, mais je me trompais. La voix de plus en plus rauque, elle continuait.

– J'ai foutu le camp et bien sûr que c'était moi que je fuyais. Je fuyais la personne terrible que j'étais devenue. Après la prononciation du divorce, j'étais allée directement du tribunal à l'appartement de Meredith pour voir Art. *Je suis désolé,* il m'avait dit après que je lui ai tout raconté, et je m'étais mise à pleurer. *Caroline, je suis désolé. Mais je vais te le demander pour la deuxième fois : qui pourrait vivre avec la personne que tu es en train de devenir ?*

– Vous vous êtes mariée deux fois, j'avais remarqué.

Il me semblait qu'en dépit de tout, c'était plutôt un succès. Ils l'avaient tellement aimée. Je regardais Caroline avec un peu d'envie quand elle avait corrigé, tout bas :

– Trois fois.

« Je me suis mariée trois fois, et aujourd'hui je ne suis plus mariée avec personne. Alors inutile de faire cette tête. Moins de six mois plus tard, je savais dire : *cigarettes, s'il vous plaît,* dans huit langues différentes. Je visitais l'Europe. J'avais commencé par San Sebastián, une connaissance de Meredith me prêtait un appartement avec vue sur l'île. J'ai passé deux semaines sur le balcon panoramique à regarder la baie sans m'en lasser et écrire en bikini sous un parasol. À Rome, je fumais des Merit parce que ça semblait approprié à ma situation, je comptais les palmiers et je me faisais prendre en photo à côté des gladiateurs. Il doit exister environ une centaine de photos de moi avec un gladiateur féroce. À Venise, je sortais les nuits de grande marée marcher avec des bottes en caoutchouc dans les rues inondées. De là, j'ai pris le train de nuit pour Budapest, où j'ai lavé mon corps dans les saunas brûlants et pris sans relâche les taxis d'eau d'un bord à l'autre du fleuve. J'ai très vite eu un faible pour les territoires de l'ex-URSS – Kiev, les escalators inhumains, ou Bucarest, les meutes de chiens sauvages errant dans la cité. Partout, il faisait un froid polaire et je sortais boire dans de petits bars désespérés quand j'avais fini mon travail de la journée. Souvent, quand je fermais les yeux, je ne me rappelais même pas où j'étais, et c'était le luxe absolu pour moi, à ce moment de ma vie, pouvoir me perdre. On m'avait publiée. On avait capturé mon image. On m'avait épousée, même si on ne m'avait pas gardée. Mes parents m'avaient élevée sans précaution, sans amour, ma maison d'édition me respectait comme on respecte une bonne machine à café, les époux étaient partis, l'un après l'autre. J'avais besoin de connaître ma valeur, à ce moment-là plus que jamais. Je pensais au long voyage que Jude avait entrepris, à vingt ans, pour retrouver le village de ses ancêtres en Europe centrale. *Tout ce que j'avais pour me guider,* il m'avait raconté, *c'était le goût du strudel que faisait mon arrière-grand-mère. Je savais que l'endroit où je mangerais un strudel identique serait l'endroit d'où je venais.* Je savais trop bien d'où je venais, mais je pensais à lui et je goûtais tout, à Vienne, les *Schnitzel,* les *Marillenknödeln,* les *Sacher Torten,* j'écumais les cartes des restaurants, méthodiquement, comme si pour moi aussi il pourrait y avoir une réponse dans la pâtisserie. J'étais partout, j'allais faire du lèche-vitrines dans la Mariahilfer et boire le punch de Noël dans le Spittelberg. Je louais des appartements en Europe de l'Est où les murs vibraient quand un des habitants de l'immeuble jouait de la contrebasse, des appartements d'où j'entendais le sifflement des tramways dehors, des appartements situés sur les grands axes avec de tout petits balcons ronds où je m'asseyais pour boire mon café à l'aube, enveloppée dans des couvertures, sous la neige qui tombait doucement. J'avais pris un rythme – j'écrivais, et quand j'en avais assez, quand j'étais allée aussi loin que je le pouvais, je m'arrêtais pour regarder la boxe à la télé. Où que je sois, il y avait toujours une chaîne avec de la boxe. Les muscles tremblants sous la peau qui semblait liquide, j'étais pour – pour qu'il y ait toujours des hommes en shorts de satin et qu'ils se frappent selon des règles acceptées, pour qu'ils me rappellent Elvis, et pour que je puisse les regarder quand écrire cessait d'être possible. J'étais pour à mille pour cent. J'adorais ça. Vitali Klitchko était quelqu'un pour moi. Quand je refermais mon tapuscrit, j'allumais la télé pour voir où il en était, lui. C'était la relève, Klitchko. Mon partenaire de patrouilles nocturnes pour vérifier que tout était en ordre dans ce monde.

« J'étais en Ukraine quand Art est mort, brutalement, à vingt-cinq ans. C'est Marius qui m'a téléphoné pour me prévenir. Il venait de se remarier, mais il m'attendait à l'aéroport avec une robe noire pliée dans un sac en papier. J'ai eu des frissons quand je l'ai enfilée dans le taxi qui nous conduisait au cimetière, parce que c'était exactement ma taille. Il m'a regardée. *Dis : gants.* J'ai dit *gants* et il en a sorti une paire de sa poche et je les ai enfilés. *Dis : chapeau. Dis : lunettes de soleil. – Comment je suis,* j'ai demandé quand il a eu fini. – *Inconsolable.* J'ai compris que c'était aussi sa façon de me dire ce qu'il attendait de moi, le jour où son tour viendrait. Art et lui étaient toujours restés en contact, à cause des photos et des livres. Timidement, ils avaient fini par se parler, et Marius m'a raconté ce jour-là qu'il leur était parfois arrivé de sortir boire un verre ensemble. *– Avec Art ? Tu buvais avec Art ? – Avec qui d'autre est-ce que j'aurais pu parler de ce que c'était que d'être marié avec toi ? – Je ne sais pas. Avec moi. – Tu n'étais pas mariée avec moi, Caroline. Ni avec Art. Tu étais mariée avec ta machine à écrire. – Je suis désolée, Marius. – Je sais. Tu es désolée et tu es un écrivain. C'est ce qu'Art disait.* Appuyée contre lui pendant les funérailles, la main dans celle de Meredith, je m'étais demandé comment j'avais pu laisser Art partir, mais je savais pourtant que si je ne l'avais pas fait, il n'y aurait pas eu Marius pour me soutenir pendant qu'on le portait en terre. La vie était simplement arrivée – la mort aussi. Je pensais à la faillibilité de l'amour et à ce qu'on en avait appris ensemble, aux excuses parfaites que nous pouvons trouver à nos manquements qui ne les rendent pas moins douloureux à ceux qui les ont subis. Le parfum des roses et le goût de la terre sur mes mains. Les yeux dorés de mon premier mari, éteints. Ceux, gris acier, du second, remplis de larmes. Ce vivant et ce mort qui sont ma famille. Caroline et Nuvoli et Spacek. C'est ça que veut dire mon nom, tu comprends. C'est écrit sur tous mes livres que j'ai une dette envers eux. J'ai enterré mon premier ex-mari – j'ai serré le deuxième dans mes bras, et je suis repartie.

« Ma vie est devenue une suite de départs précipités. Je n'allais nulle part. J'allais seulement le plus loin possible. Je courais. Je quittais un endroit dès que j'avais cessé d'y être une étrangère. Après tout, j'avais été catapultée – ou je m'étais catapultée, c'est égal – dans une vie que je pouvais gagner sans avoir aucun contact, aucune preuve à fournir d'autre que des livres écrits absolument seule des mois à la file. J'adorais écrire des livres, sentir qu'ils étaient chaque fois meilleurs, mais aussi je connaissais intimement ma timidité, ma teneur en catastrophe, le bruit dur que les hommes avaient fait en partant, la limite des phrases posées tout autour de moi, du feu. J'avais le vertige face à l'abondance de mes propres titres qui semblaient essayer de me dire quelque chose. Je n'arrivais même pas à comprendre que j'aie pu en écrire autant. Les livres dégageaient de ma table de travail pour se poser sur les étagères des librairies, d'abord en vitrine puis dans les rayonnages plus lointains. Je n'allais plus les voir – pas plus que mon père à l'hôpital, c'était ma ligne de conduite. Mais ma mère y allait, à l'hôpital et dans les librairies, elle demandait à tue-tête à voir le dernier, tenait ma photo près de son visage, onctueuse, hébétée. Je n'avais pas prévu l'orgueil absurde de mes parents pour des livres qu'ils n'avaient jamais eu l'intention de lire, vu que déjà ça leur faisait mal d'avoir à les acheter. *T'es qu'une intello, Caro. Ça devrait pas t'empêcher de nous envoyer tes trucs, non ? De quoi qu'on a l'air ? Tout le monde sait ce que tu fais maintenant et jamais, jamais y a un colis pour nous.* Tout – le – monde. Et les choses qu'ils n'arrêtaient pas de dire et qui me blessaient parce que même eux pouvaient mettre des mots sur moi et ces mots étaient faux et ma mère allait dans les librairies parler de mon enfance aux libraires qui s'en foutaient bien et c'était la honte, ma très grande honte. Ma mère n'avait jamais vraiment travaillé et mon père avait enchaîné les arrêts de travail, mais ils continueraient probablement tous les deux jusqu'à la mort à se comporter comme si écrire des livres restait une occupation imaginaire. Ils pensaient peut-être même dur comme fer que j'avais été virée du café. Je faisais des cauchemars où je jetais des papiers au visage de mon père, en lui hurlant que j'avais un métier. Tu crois que ton enfance s'arrête à un moment, mais ce n'est jamais fini. Tu sais, en fait, je déteste voyager. J'aime simplement être *loin*. Si j'ai tellement bougé, c'était d'abord parce que je ne pouvais pas – je ne savais pas – rester. Je n'avais pas d'endroit où rester. Quand tu sais que quoi que tu fasses, tu seras une cible, tu préfères être une cible mouvante. À des kilomètres, les journalistes parlaient de littérature, et moi j'en faisais. J'étais écrivain. J'étais mouillée jusqu'au cou. Ils évoquaient la *sobriété exacerbée* de mon style et je buvais comme un trou. Mon style, c'était la fatigue – mon style c'était la tristesse dans laquelle je me réveillais le matin, quand je pensais à Art, mon style c'était des petites chambres d'hôtel dans toutes les capitales européennes, c'était les jardins royaux gelés, les blocs délavés à la dérive sur le Danube, couverts d'oiseaux, la neige bleue sous mes pieds, mon style c'était une toque en fourrure et mes yeux qui pleuraient dessous, c'était me lever pour faire du feu dans une cabane au Monténégro, c'était laver mes sous-vêtements dans les douches du camping de Split, c'était des cocktails bien tassés qui rendaient la vie vivable à nouveau, corriger les épreuves de *Klitchko* en attendant au péage, c'était le découragement, la défensive, les amendes pour dépassement de vitesse en Autriche, c'était la force létale des mots écrits, l'abrutissement par le travail, la beauté de l'automne, la démission des hommes, mon style c'était d'avoir envie de tequila au réveil, c'était prétendre qu'il n'y avait aucun problème, c'était le silence, l'exil et la ruse, c'était les livres de Jude paraissant les uns après les autres sans que jamais je ne parvienne à en ouvrir un, c'était mon cœur qui me faisait mal le matin, c'était dormir dans un lit plein de papier imprimé, c'était signer des contrats, c'était mes crises d'hystérie, mes règles disparues, mon style, c'était de devoir être enfermée dans un compartiment séparé sur la ligne Budapest-Venise parce que mes sanglots troublaient le sommeil des autres voyageurs, c'était l'autorité du succès et de la chute, les moyens du bord, la permanence des cicatrices, mon style, c'était la solitude, l'échec. Mon style, ils écrivaient. Mon style tellement parfait.

« Un jour où il neigeait, je suis entrée dans un musée, et j'y suis restée toute la journée. J'ai commencé à regarder la peinture. Je restais assise des heures sur les divans des salles d'exposition, enfouie comme dans un bain chaud, un paquet de cacahuètes dans la poche de mon manteau, à regarder. C'était tellement extraordinaire – un endroit où je pouvais me reposer, à l'abri de la neige dehors et dans mon crâne. Staël, certaines de ses toiles, certains paysages de la fin de sa vie, ça me tuait. Les gris éléphant et les roses et les pourpres. J'aurais voulu pouvoir écrire comme ça, en larges appliques de couleurs, sublimes, avec la lumière qui glisse, comme la pluie sur les rues goudronnées. Je m'approchais, je faisais tout le temps sonner les alarmes de sécurité à force de me rapprocher parce que je voulais regarder la trace des pinceaux et l'épaisseur de la matière. La peinture est devenue le mobile de mes déplacements. À se demander comment j'avais fait pour me repérer avant. Antibes. Madrid. Cracovie. Vienne. Saint-Pétersbourg. Amsterdam. Je faisais le tour de tous les musées d'Europe pour voir des Manet. J'allais voir les tableaux là où ils étaient. Schiele à Vienne, Goya au Prado. Je leur rendais visite et j'étais spectatrice et contente de l'être parce que, pour une fois, ma vie en petit ressemblait exactement à ce qu'est la vie en grand – une banquette où s'asseoir et contempler en silence quelque chose d'incompréhensible sur lequel nous n'avons aucune autre emprise que le regard. J'adorais ça. J'étais abasourdie d'aimer ça, tu comprends. D'avoir trouvé quelque chose qui me rende tellement heureuse. J'avais besoin de quelque chose pour me capitonner et j'avais déjà épuisé deux hommes solides, malins, aimants, à qui j'avais brisé le cœur injustement pour écrire des romans. J'avais besoin d'un compromis. La peinture a été mon hôpital psychiatrique quand c'était nécessaire, quand l'écriture m'avait tellement éreintée que tout ce que je pouvais faire, c'était aller dans les musées plonger dans la couleur, apaisée comme battue à mort par la beauté de la peinture. Rendue légère par des tableaux de Van Gogh où les pieds jamais ne semblaient toucher terre. J'avais appris à déployer mon écriture, à écrire des textes où chaque chose était à sa place comme dans un appartement minuscule, et d'autres qui étaient à perte de vue, des pampas, et à me méfier des listes de vocabulaire comme de la peste. Je commençais à comprendre qu'il fallait maîtriser toutes les techniques pour écrire de bons livres – être résistant, avoir l'oreille, maîtriser l'onomastique, la focale, les références, connaître les mots précis, les mots qui feraient que les phrases continueraient à faire du bruit dans la tête plusieurs heures après leur lecture, savoir les verbes qui sont des os dans une phrase – et tout oublier et écrire. Les peintres semblaient savoir ça d'instinct, que ce qu'ils avaient à faire impérativement c'était atteindre une maîtrise irréprochable, et puis tout oublier. La vraie peinture commençait à ce moment-là. J'apprenais comment on peut changer toute la perspective d'un texte avec un simple détail, comme la merveilleuse couronne de roses que Picasso avait ajoutée sur un coup de tête au *Garçon à la pipe*. Je commençais à acheter mes sculptures, parce que c'était le moment où j'avais fini par découvrir que l'argent coulait à flots. Objets d'art en marbre, en bronze – et alors il était loin et perdu le temps où j'allais en déboulonner sur des monuments aux morts l'après-midi. Je choisissais des sculptures, je les faisais emballer dans de la sciure et envoyer à Paris, où Meredith s'occupait de les réceptionner pour moi. À distance, je meublais un appartement où je ne revenais presque jamais. Quand j'y ai mis les pieds pour la première fois, j'ai dormi sur mon matelas, avec tous mes objets entassés autour de moi – des lares, un trésor. C'était les premières choses que j'étais heureuse de posséder, mais c'était aussi *Les Indices secrets du désordre*. Le titre résumait toute ma vie à ce moment-là – les marbres collectionnés en vrac, les trajets sans suite, les articles calomnieux, ma résistance relative à ma propre folie. L'art d'écrire obéit à des lois immuables, Lou, mais comme toutes les lois, on ne peut peut-être pas les éprouver autrement qu'en les violant et en le regrettant amèrement après. Il faut se les approprier sauvagement. Que la langue devienne une matière aussi tangible que la viande d'un corps sur un ring. Qu'elle finisse par avoir un goût et une odeur. J'ai compris ça aussi, en regardant boxer Klitchko. Que l'écriture s'arracherait au silence comme une oreille à l'adversaire.

Il y avait de la colère dans sa voix, et je commençais juste à la connaître assez pour savoir pourquoi. Elle était fâchée contre moi de lui avoir fait revivre tout ça. Sa dernière sentence sonnait comme une menace à mon adresse, sa façon oblique de me dire que si jamais il devenait un jour nécessaire de me mutiler, elle saurait comment s'y prendre, et qu'elle n'hésiterait pas. Mais je n'avais pas peur. Ce n'était pas en me jetant sa vie au visage comme un tir d'Uzi mitrailleur qu'elle allait me réduire au silence. Il en faudrait plus que ça maintenant. Cinq heures s'étaient écoulées ce jour-là depuis qu'elle avait commencé à parler, mais il y avait quand même une chose qu'elle ne m'avait pas dite. Je voulais que cette journée se finisse, parce que j'étais épuisé moi aussi par ce grand récit que nous venions de traverser, et que dans une certaine mesure, moi aussi j'étais en colère contre elle, je lui en voulais d'avoir maltraité l'amour quand il s'était présenté à elle, parce qu'à vingt-quatre ans j'étais amoureux pour la première fois de ma vie et alors évidemment que l'amour était quelque chose de très grave pour moi, mais je voulais m'assurer de quelque chose. J'étais retourné au feu. Je l'avais suivie pendant qu'elle montait l'escalier. Elle portait toujours son kimono et j'avais demandé :

– Trois. *Trois* fois, Caroline. Nuvoli. Spacek. Qui était le troisième ?

Je ne reconnaissais pas ma propre voix tellement elle était sévère, et je n'avais pas non plus reconnu Caroline quand elle s'était retournée vers moi. Elle pleurait.

– Le troisième était Jude.

PARTIE 3

Le lendemain, quand je m'étais réveillé, j'étais toujours fâché contre elle. Je lui en voulais d'avoir essayé de me tromper si longtemps en passant ses mariages sous silence. Je lui en voulais aussi beaucoup d'avoir parlé avec l'indifférence arrogante de celle qui a trop eu. Elle venait peut-être du même endroit que moi, mais elle avait reçu plus que son compte depuis. J'estimais qu'elle avait eu de la chance, plus de chance que personne n'en aurait jamais et je lui en voulais de ne pas être plus reconnaissante et d'oser me traiter aussi mal, moi dont l'infériorité était assurée déjà par le fait que j'étais celui qui posait les questions. Elle conduisait la voiture, elle remplissait mon verre, elle me faisait avaler n'importe quoi – j'étais à ses pieds et je lui en voulais de jouer avec moi. Pour qui elle se prenait, à la fin ? Elle n'avait fait que des livres, après tout. Si on résumait, elle avait filtré des plages entières avec son foutu détecteur de métaux, réchauffé du café dans un rade pour touristes, été aux ordres d'un type qui avait fini par la jeter dans l'escalier tellement il n'en pouvait plus de la supporter. Après, elle avait copié son style, c'était à peu près sûr, parce qu'elle n'avait rien d'autre, elle n'avait pas étudié, elle ne savait pas la moitié de ce que je savais, moi, aussi maigrichon et méprisable qu'elle puisse me trouver. Elle n'avait fait qu'avancer les yeux fermés, dangereuse comme tous ceux qui ne veulent pas savoir, une scie électrique lancée en l'air. Elle n'avait même pas su reconnaître l'amour quand il était venu la chercher, deux fois. Elle avait échoué, et entraîné ses époux dans sa chute, pom-pom débutante ruinant la pyramide humaine le soir du gala. Elle avait voyagé – elle avait fui, c'est bien ça. Elle avait tout démoli autour d'elle et puis elle s'était tirée. Ce n'était pas si glorieux. Je ne savais plus à quoi je m'étais attendu en venant ici. Ses livres étaient bons, pas de doute là-dessus, mais est-ce que ça pouvait suffire à en faire une bonne personne ou est-ce qu'elle n'était qu'une imposture ? Je pensais à la difficulté qui avait été la mienne avant d'être aimé par quelqu'un, les baffes que j'avais dû encaisser pour ça, les pipes taillées dans des vestiaires de piscine, dans des abribus, le mal infini que je m'étais donné pour apprendre à différencier la violence de l'amour. Je pensais à tout ce qu'elle ne savait pas de moi et qu'elle aurait pu essayer de savoir, à force. Dans ma prairie, nos parents pouvaient nous échanger contre un pneu. Un voisin entrait dans l'appartement, buvait un pastis et épiloguait sur un article de haute qualité récupéré à la dèche, mon père se frottait la barbe en réfléchissant, j'entends ce bruit en boucle encore aujourd'hui dans mes cauchemars, parce que c'était le bruit de l'avant, le bruit de l'instant d'avant. Mon père avait envie de ce pneu, il en avait besoin, il fallait bien qu'il gagne sa croûte, pas vrai, et sa croûte c'était la mienne aussi – il n'y avait pas besoin de faire un dessin. Les palabres s'arrêtaient quand mon père descendait l'escalier pour aller fixer le pneu sur sa caisse pendant que le voisin m'enfilait sur ses genoux sans éteindre la télé. Je hurlais. Ma mère entrait dans la pièce, et elle me giflait avant de repartir. Un enfant pour un pneu.

Un enfant pour un paquet de café. J'avais pas six ans quand ça a commencé. Et je savais déjà que j'étais pédé, bien sûr. Mais je savais que ce n'était pas comme ça que ça aurait dû se passer. Je ne savais pas comment exactement, mais je savais que c'était pas ça. En grandissant, ça a commencé à se voir, que je préférais les garçons, et mon père m'a battu jour après jour comme s'il pouvait tuer le pédé en moi, comme s'il pouvait me redresser comme une plaque de tôle avec une masse, comme si c'était pas lui qui, le premier, m'avait accouplé avec un homme. Ça faisait des explosions dans ma tête, ses coups et l'incohérence de tout ça. Comme si c'était OK de se faire violer par un inconnu, et que la seule chose inacceptable soit de donner son cul à quelqu'un par amour. J'ai mis longtemps à affirmer ma possession de mon propre corps, à reprendre mon corps à mon père, réclamer mon corps pour moi-même et le faire courir pour fuir cet endroit où l'amour était la seule chose sans valeur, la seule chose qui ne justifiait pas du tout qu'on offre sa peau au tout-venant. C'est là que j'ai vécu. Aucun champ de maïs n'a jamais fait écran chez moi. Alors elle ne me ferait pas croire qu'elle était une héroïne. Sur mon échelle personnelle, elle était à ça d'être simplement une arriviste. Et elle le saurait, si elle m'avait posé une seule fois la question, si une seule fois, au lieu de passer sa main dans mes cheveux sans me regarder, elle m'avait demandé qui j'étais. Elle s'en foutait pas mal de ça. Elle ne me voyait même pas. Elle parlait toute seule comme une vieille folle. Elle ne savait parler que d'elle-même. Elle ne faisait que ça depuis des semaines. Mais toute sa foutue éloquence ne signifiait pas que tout en elle soit articulé – elle savait simplement faire des phrases. Grand bien lui fasse. J'en avais assez entendu, et j'étais pas venu ici pour qu'elle m'en veuille d'essayer de faire mon travail le mieux possible. J'étais pas venu ici pour entendre une voix glaciale m'expliquer que l'amour, ce n'était pas si important. Je ne voulais ni ne pouvais vivre dans un endroit où de telles phrases pouvaient être prononcées. Parce que c'était justement de là que je venais, et que rien ne m'aurait convaincu d'y retourner – même pour des livres, bon Dieu. Même pour tout ce que tu veux. Qu'elle aille se faire voir avec sa vie littéraire et sa vie ratée. Basta. Il allait falloir qu'elle réfléchisse un peu à tout ça avant de revenir me parler.

Je suis resté dans ma chambre quatre jours. Si elle voulait que je foute le camp, il faudrait qu'elle vienne me le dire en face. J'en avais fait assez comme ça, à vidanger sa mémoire d'ingrate. J'ai fait du stop pour aller acheter de quoi survivre, et je me suis enfermé, prêt à tenir un siège contre sa fierté aussi longtemps qu'il le faudrait. C'est à ce moment-là que j'ai commencé à recopier mes enregistrements. Je ne savais même plus vraiment pourquoi je le faisais, mais je n'avais pas grand-chose d'autre à quoi m'occuper, et retaper mes notes me calmait suffisamment pour me retenir de tout saccager autour de moi. Sa voix parlant tout bas sur la bande entrait en moi comme une intraveineuse de morphine. Je ne voulais pas lui trouver d'excuses, mais en réécoutant sa voix enregistrée, il était indiscutable qu'elle n'avait pas été épargnée, elle non plus. Je ne pouvais pas lui reprocher de ne pas avoir été violée – elle avait eu sa part. Je tenais ma position, je restais dans mon lit avec mes crackers et mes canettes de shandy, mais je commençais à espérer de plus en plus fort qu'elle vienne me chercher. Je l'aimais bien. Il n'y avait rien à faire. Elle était dure, injuste, cinglée et fière, mais ses phrases ne laissaient rien paraître de ça, ses phrases étaient aussi parfaites que des rivières. Je repensais à ce que Piet m'avait dit au téléphone, il y avait déjà un mois, que Caroline était *quelqu'un*. Peut-être que j'aurais dû m'en tenir à ça depuis le début et ne pas m'attacher à elle comme je l'avais fait. Elle était quelqu'un – quelqu'un d'imparfait, mais qui avait réussi à mettre un nombre incroyable de mots dans le bon ordre, dans le seul ordre possible qui les rendraient indiscutables et poignants. Ça avait dû demander un certain temps et ça expliquait peut-être que le reste de sa personne soit en chantier. Et je commençais à me demander aussi – Jude ? Elle avait dit qu'elle avait épousé Jude, mais lui non plus, je ne le voyais nulle part. Il n'était pas dans cette maison, et il n'y avait aucun signe que quelqu'un d'autre qu'elle et moi ait vécu ici dans un passé récent. Et elle avait pleuré en disant son nom. Qu'est-ce qui était arrivé à Jude ? Qu'est-ce qu'il y avait d'autre que je ne savais pas ? Beaucoup de choses, sans doute, et beaucoup de choses qui pourraient peut-être un jour me faire regretter d'avoir joué avec ses nerfs en m'enfermant à clef dans une pièce de sa propre maison. Après avoir réfléchi à ça, au moment de me coucher, j'étais allé ouvrir le loquet de ma porte. Il se pouvait bien que nous n'ayons pas vraiment fini de nous parler, Caroline et moi.

« Lou. Hey, Lou.

Le lendemain matin. Elle me secouait légèrement pour me réveiller, et quand j'avais ouvert un œil, ce que j'avais vu en premier c'était la boîte de nourriture pour chat qu'elle tenait dans sa main.

– Non, merci, j'avais dit.

– T'es trop con, elle avait rigolé. Elle s'était assise sur le bord de mon lit, comme si rien n'était arrivé, et elle m'avait demandé :

– Tu peux m'expliquer ça, toi : quand ils écrivent sur la boîte que c'est « nouveau et avec un goût amélioré », qui l'a testé pour se prononcer ?

– Je ne sais pas, Caroline.

– Tu vois. Je vais avoir quarante ans et il y a toujours des trucs aussi monumentaux que je ne sais pas. Ça me rend dingue. Tous les trucs que je ne sais pas.

Je m'étais redressé contre mon oreiller et je l'avais bien regardée. Ses cheveux étaient mouillés, retenus par des barrettes, gouttant sur sa blouse à col rond, bleu de Prusse. Elle avait l'air d'une enfant une fois de plus, pelotonnée sur le couvre-lit en patchwork, essayant de faire diversion avec la boîte dans sa main.

– Vous n'allez pas le dire, hein ?
– Dire quoi ?
– Que vous êtes désolée.
– Non.
– Mais vous l'êtes ?
– Oui.
– Vous savez pourquoi j'étais fâché ?
– J'ai pas besoin de savoir exactement pourquoi pour l'accepter. Je sais que je ne suis pas un cadeau. J'en ai jamais été un. Mais je voudrais que tu restes, si tu veux bien.

Elle avait dit ça avec la dignité vibrante d'un caporal vaincu, et j'étais resté. Je n'avais pas demandé quel chat elle comptait nourrir alors que je n'en avais jamais vu le début d'un dans un rayon de cent mètres autour de la maison. J'avais mis un tee-shirt et j'étais descendu avec elle dans le salon et elle avait repris son récit là où elle l'avait laissé quatre jours auparavant. Avant de commencer, elle m'avait regardé longuement.

– Il y a dix ans, mon demi-frère a sonné à la porte de Meredith. Elle l'a accueilli chaleureusement, et bien sûr, ils ont beaucoup parlé de moi. Je n'ai jamais eu de demi-frère. Tu comprends ? Ne fais pas cette tête. Je te dis des choses que je n'ai jamais dites à personne, Lou, et tu le sais, au fond. Si toi et les autres trouvez mes phrases si bonnes que ça, c'est qu'elles ont été construites pour cacher quelque chose – c'est ce qui les rend tellement efficaces. Mais ça ne sert plus à rien maintenant. Je n'ai plus personne à protéger. Il est temps.

J'ai eu tout le loisir de me demander ce qui se serait passé si, par chance ou malchance, je n'avais pas soulevé la question du mariage. Est-ce qu'elle y serait venue plus tard ? Ou est-ce qu'elle aurait gardé le silence jusqu'au bout pour me livrer une version amputée de son histoire ? Est-ce que tout aurait été très différent ? Est-ce que rien de ce qui a suivi, et tellement de choses ont suivi, ne serait arrivé ? Est-ce que je serais tout de même en train d'écrire ces phrases, à cet instant précis, sur le long canapé blanc de Piet à Amsterdam, si je n'avais pas été réceptif à ce tout petit mot lové dans sa parole, comme un ver à soie dans son cocon, il y a quelques mois de ça ? J'y ai beaucoup réfléchi, et je crois que Caroline avait *prévu* que je lui pose la question. Après tout, elle avait fait la démonstration livre après livre de sa maîtrise absolue de la narration, de sa mesure des effets, de sa parfaite appréciation du bon moment pour délivrer une information. Elle tenait les rênes, tout le temps. C'était son terrain et elle le contrôlait. Je suivais un pattern qu'elle avait dessiné, une piste d'atterrissage illuminée. Parce que c'était impossible de penser que ça ait pu lui *échapper* – pas à elle. Elle avait parié sur mon intelligence, peut-être – anticipé mes capacités prometteuses de ramasseur de balles. Je le pressentais avant, mais j'en suis sûr depuis que je travaille à ce livre – qu'écrire consiste principalement à sélectionner, dégraisser, élire. Parmi tous les mots qu'elle aurait pu prononcer ce jour-là, quand je ne me doutais encore de rien, elle avait choisi de dire celui-là. *Mariée*. Deux syllabes déverrouillant une porte sécurisée. Elle ne devinait peut-être pas les dimensions exactes de ce qui se trouvait là, blotti dans l'obscurité, ni la portée de ce qu'un seul mot allait entraîner avec lui, mais elle l'avait laissé tenter sa chance, elle avait parié, elle avait pris le risque que j'entende. Et j'avais passé l'épreuve et nous nous étions engagés ensemble sur un territoire nouveau, une zone de non-droit où tout semblait avoir une texture légèrement différente, même sa voix.

« J'étais rentrée en France brièvement pour la sortie de *De ce côté-là de la tombe ou de l'autre aussi bien,* et comme le bouquin marchait bien, Marius m'avait convaincue d'accepter de répondre à une interview télévisée. Le lendemain matin, j'étais à l'hôtel dans ma baignoire quand le téléphone avait sonné. J'avais couru hors de l'eau pour décrocher. *C'est Jude à l'appareil. Je t'ai vue à la télé hier soir. Va te faire couper les cheveux. Et mange, bon Dieu. Tu ressembles à un flamant rose. Un flamant rose malade.* Oh, ça m'avait juste coupé le souffle. Six ans sans un mot de lui, et il me tirait de mon bain pour m'insulter par téléphone ? *Mais qu'est-ce que ça peut bien te foutre, ça ?* j'avais demandé. – *Écoute. Je voudrais que tu aies le teint frais pour moi lundi prochain. Tu avais une sale tête, mais tu as fait du bon boulot hier. J'ai besoin que tu me remplaces pour un truc. – Je ne suis plus ta secrétaire,* j'avais réussi à articuler dans le combiné. – *Non,* il avait répondu. *Je sais.* Il y avait eu un blanc, et puis – *Je suis de retour, Caroline. Je veux que tu reprennes du service. Mais cette fois, je serai à ton service moi aussi, chaque fois que tu voudras. Simplement, s'il te plaît, fais ce que je te dis. Va donner cette interview à ma place lundi. Je te le rendrai au centuple.* C'est comme ça que ça avait commencé – recommencé, je devrais dire. Jusqu'à ce coup de téléphone, je n'avais eu aucune autre nouvelle de lui que ses livres qui continuaient à sortir. Il était devenu assez célèbre dans l'intervalle, lui aussi – son visage muet dans le journal. Parfois, dans les milieux littéraires, je recevais quelques nouvelles fraîches, comme des bouteilles de lait déposées sur mon seuil, qui n'étanchaient aucune soif. Avec un sourire appréciateur, une coupe à la main, des inconnus ignorant qu'ils s'adressaient à son ex-secrétaire me prédisaient qu'il irait *loin* – mais je voyais mal comment il aurait réussi à s'éloigner davantage qu'il l'était déjà. Je pensais à lui de plus en plus souvent, j'écrivais mes livres, les uns après les autres, comme des télégrammes à son adresse, mais je restais cachée en Europe de l'Est. Ce matin d'automne, bouleversée et trempée de savon dans un fauteuil d'hôtel, j'ai compris que mes mots avaient trouvé leur cible à travers les années. Comme un avion téléguidé ou un chat retrouvant son chemin, ils étaient allés droit sur lui, ils l'avaient atteint, à la fin. Mes mots – mes mots me l'avaient ramené. Au téléphone ce jour-là, il ne m'avait pas dit pourquoi il avait décidé de refaire équipe avec moi à ce moment précis de nos vies. Peut-être qu'il me prenait pour sa disciple, après tout – son enfant, sa petite qu'il avait élevée en tapant dessus comme sur une balle. Peut-être que depuis le début il m'avait épiée, m'avait guettée, tapi dans l'ombre, en attendant le moment de me racoler, le moment où je serais à sa hauteur. Je ne savais pas. Tout ce que je savais à ce moment-là, c'est ce qu'il m'a dit au téléphone, quand je lui ai demandé ce que je devrais dire, lundi, pendant l'interview : *Tu as carte blanche, Caroline. Raconte-leur ce que tu veux sur moi ou mes livres. De toute façon, ils ne comprendront rien.* Et je l'avais su pour la première fois de ma vie, avec certitude, que personne jamais ne comprendrait rien – ni aux livres ni à ce qui allait arriver à présent.

« Le lundi, comme convenu, j'étais allée aux studios de télévision qui devaient recevoir Jude. Il avait sûrement donné ses instructions, parce que j'avais pu arriver jusqu'au plateau sans qu'on me pose de questions sur ma présence et son absence. Après, tout était allé très vite. Quand l'interview avait commencé et que la présentatrice m'avait demandé pourquoi Jude m'avait envoyée à sa place, j'avais répondu : *Parce que c'est pareil.* Et j'avais eu des frissons en entendant ma propre voix dans mes oreilles. – *Mais vous êtes un écrivain connu,* elle avait argumenté, *pourquoi est-ce que vous venez parler pour un autre ? – Parce que ce sont les livres qui comptent,* j'avais dit, durement, mais je pensais : *Je ne sais pas. Je ne sais pas pourquoi je fais ça. Il m'a téléphoné. J'étais toute nue. Il m'a demandé de le faire alors je suis venue. J'ai lu son œuvre intégrale cette semaine. Je peux répondre à toutes vos questions mais pas aux miennes. Je finis par penser que je comprends toujours trop ou pas assez. Il m'a tellement manqué. Je réponds au nom de Caroline N. Spacek aujourd'hui de la même façon qu'autrefois je répondais à son long sifflement, code de ralliement, quand il m'égarait dans les allées du supermarché. Bien sûr que je peux me mettre dans sa tête. Je n'en suis jamais sortie. – Je parle pour Jude,* j'avais dit pour rassembler mes forces. *Je ne suis pas là pour vous. Je suis là pour lui. Alors c'est à lui que vous vous adressez.* La femme avait souri, narquoise. *Mais enfin, qu'est-ce que vous pourriez nous dire sur des livres que vous n'avez pas écrit ? – Tout ce que vous avez besoin de savoir.* Et je l'avais fait. Face à la caméra, pendant une heure, j'avais oblitéré chacune des cartes qu'elle avait abattues devant moi. Les yeux fermés, j'avais rendu coup sur coup, souplement, joueuse de tennis surentraînée, relève et caution de mon ancien amant. Je n'avais même pas besoin de réfléchir. Aussi déçue qu'elle puisse être de m'avoir en face d'elle plutôt que lui, j'avais davantage oublié au sujet de Jude qu'elle n'en saurait jamais. Dans ses livres que je venais de lire, parmi les poèmes évoquant les narcotrafiquants mexicains, les stukas, et la sensation d'être trop souvent au bon moment au mauvais endroit, il y en avait un qui disait : *Tu es – toujours – ce qui me manque – quand je me réveille la nuit pour réaliser que tu n'es pas ici – sans comprendre où tu es – pourquoi – comment c'est arrivé – mais apparemment rien n'est arrivé – tout est parti.* Je ne savais rien de ce qu'avait été sa vie ces dernières années, mais quand l'intervieweuse s'était remise à attaquer, je lui avais dit, et ça valait pour lui aussi : *Je ne crains aucun mal.*

Plus tard dans la soirée, Caroline m'avait envoyé chercher quelque chose pour elle dans son bureau, et c'est là que je l'avais vu pour la première fois. Sur le mur face à la machine, il y avait le visage d'un homme, collé, pas encadré, noir et blanc – yeux délicatement plissés qui souriaient, opaques, bouche ébauchant un baiser. Jude Amos. *Comme on se retrouve,* je lui avais dit dans ma tête. *Derrière tout ça, derrière elle – vous.*

Au premier abord, rien ne semblait les rapprocher. Elle était un écrivain inclassable, et il écrivait de la poésie expérimentale. Comme elle l'avait dit, il était assez célèbre – *assez* pour un écrivain et *immensément* pour un poète, pour être exact. J'avais eu écho de ses performances, dans des théâtres parisiens bondés, scandant debout sur une caisse de champagne, marquant le rythme avec un éventail. J'avais entendu sa voix à la radio, presque imperceptiblement métallique, enrouée et reconnaissable, récitant des textes dont on ne pouvait jamais savoir avec certitude s'ils s'apparentaient davantage à la poésie qu'à une nouvelle forme de politique. Semblable à celle de sa femme sur ce point, l'œuvre de Jude Amos ne cessait pas d'être insondable – suivant un pattern connu de lui seul, qui semblait, autant qu'on puisse en juger, faire occasionnellement appel au cut-up, à la dialectique oratoire commune aux grands dictateurs, et plus souvent encore aux techniques presque éteintes des paroliers de l'entre-deux-guerres, il assemblait des pièces troublantes, résonnant dans les oreilles d'un public pris en étau entre ses lèvres. Dandy, Cassandre, avec son élocution hachée et ce qui apparaissait comme une érudition invincible, il avait mis en poèmes les derniers grands mythes modernes.

Bombe atomique – sexe – argent – séduction – camps de la mort – vérité – amour – enfance. Jude Amos ne déviait jamais de ses thèmes de prédilection, tout son génie consistant à placer à des endroits stratégiques des mots à double entente, puits de lumière, trous noirs comme les yeux jamais clos des morts. C'était là que s'opérait le rapprochement stylistique entre les deux auteurs – dans ce silence au centre du texte où tout se jouait. Pendant des années, à des kilomètres de distance, alors que Caroline lançait sans un mot ses chaussures aux journalistes, Jude, à la question : *Comment définissez-vous ce que vous faites ?* répondait : *Au-dessus de mes moyens, il n'y a rien,* et quittait la pièce. Dans un cas comme dans l'autre, le mutisme public était à la hauteur de la portée des textes. Dès qu'on commençait à chercher des correspondances entre eux, on ne voyait plus que ça – noir sur blanc, omniprésente, leur liaison passée murmurant derrière chaque mot. *Quand nous étions jeunes – toi et moi – tu m'as dit – tu peux toujours courir – mais j'ai couru.*

« Nous étions devenus associés. J'avais donné à Jude les clés du deux pièces parisien que j'avais fini par me payer pour y entreposer les tableaux, les bronzes et les petits marbres que j'avais commencé à acheter, et il s'y installait parfois en mon absence, pour tenir une permanence téléphonique et avoir mes papiers à portée de main. Quand je l'appelais, il demandait : *Bon, raconte, est-ce que ça baigne là où tu es ? – Ça va bien. Toi, comment ça se passe ? – Il faut décortiquer le courrier et plein de gens téléphonent. Je suis un genre de call-girl. – C'est agréable ? – Très. Je ne ferais ça pour personne d'autre, Spacek. Mais je suis honoré d'être ta call-girl.* Occasionnellement, il répondait à ma place aux questions de la presse féminine. *Êtes-vous féministe ? – Dans mes livres, les hommes perdent tous leurs combats, ou meurent. Je vous laisse le soin d'en tirer une réponse.* Il est allé au feu pour moi, tellement de fois. Quand il partait en vacances, je rentrais expressément et je m'occupais de ses affaires, moi aussi. La nuit, je dormais dans ce canapé où j'avais eu l'impression d'être désagrégée à dix-huit ans. Quelquefois, je suis retournée répondre à des interviews à sa place – je me glissais dans sa peau, j'épousais sa diction, je fumais ses cigarettes dont je trouvais des paquets chez lui, je mettais ses vêtements, j'endossais son odeur. Il m'avait appelée après un de mes remplacements. Je l'entendais sourire en demandant : *Alors, comme ça, mon écrivain préféré c'est Dosto ? C'est pas grave, Caroline. Mais si jamais on te demande une autre fois qui est mon écrivain préféré, dis-leur que c'est moi. – C'est la vérité ? – Pas vraiment. C'est toi, en fait. Mais c'est exactement pareil.* Il y a eu tout ça, ces années-là – sa silhouette aveugle à l'arrière-plan, son chuchotement dans mon oreille. Il y a eu les coups de téléphone de sept heures du matin pour des histoires d'alinéas dans des contrats, les appels éclairs les lendemains des grands jours juste pour dire *merci, partner,* les discussions plus élaborées, sa voix m'appelant entre deux escales à La Guardia. Debout dans sa cuisine, appuyée contre l'évier sur lequel il m'avait fait l'amour, il y avait des années de ça, je lui demandais : *T'as plus de thé ? – Je crois que si, regarde dans la boîte verte – Bingo. Merci. Où tu vas, au fait ? – En Colombie – OK – Attends, tu n'as pas peur que les guérilleros me kidnappent ? – Pas vraiment. Tu leur prendrais tellement la tête qu'ils te garderaient pas très longtemps – Oh, tu es parfaite, Spacek.*

Parfois, juste un court instant, j'arrivais à prendre suffisamment de recul pour mesurer combien différente elle était du spectacle qu'elle m'avait offert le jour de mon arrivée. Je la revoyais, agressive, superbe, Cléopâtre sur sa terrasse, me frappant avec des phrases comme avec des fouets, excellant à me maintenir à distance respectueuse, et aujourd'hui, levant les yeux vers moi quand j'ouvrais la porte de sa chambre pour la trouver assise en tailleur sur son lit, avec ses livres, ses *millionaire's shortbreads,* et ses papiers éparpillés partout autour d'elle, comme une fleur. J'étais surpris de ne même pas avoir de préférence – elle m'avait fascinée en étant hautaine, mais je reconnaissais le chemin parcouru à sa juste valeur – considérable. Elle avait été pour moi au départ quelque chose de très défini, un écrivain connu, une légende, et elle était devenue, au fil des semaines, une étendue sauvage qu'aucun regard ne saurait embrasser ni réfléchir pleinement. Elle posait les pieds bien à plat quand elle marchait, comme une danseuse – mais ce n'était pas une danseuse. C'était une très grande femme habituée à être saoule, qui avait délibérément appris à marcher de la meilleure façon pour ne pas tomber. Vulnérable et solide. Maternelle et apatride. Elle avait des gestes simples, des gestes pour cueillir les pommes, pour servir le thé, pour mettre ses chaussures. Elle était tendre et hostile. Elle me toisait de haut en bas dans mon tee-shirt à rayures avant de me dire *gringo, j'aime ton style*. Elle faisait la cuisine artistiquement pendant des jours, et puis au bout d'un moment elle ouvrait une boîte de saumon d'Alaska pour aller la manger avec les doigts, roulée en boule sur la balancelle. Elle avait écrit onze livres depuis qu'elle avait commencé, elle avait raflé des prix, elle avait donné des lectures à travers toute l'Europe devant des publics bouche bée, elle s'était prononcée politiquement à la télé, elle écrivait assise dans l'escalier, une Chupa Chups dans la bouche. Elle n'avait plus rien à prouver. Ses avant-bras couverts de notes jusqu'au coude. Sa beauté calme, avec les pommettes hautes, hiératiques. Je la dévisageais au petit déjeuner, je l'interrogeais, je remontais avec elle le fil de sa vie, je prenais des notes, sans savoir encore que c'était un livre que j'écrivais.

– Bon. Reprenons. On en était à l'année où vous avez écrit *Les Indices secrets du désordre*. Où est-ce que vous viviez, à ce moment-là ?

– À Berlin, chez Dieter.

– Qui c'est, Dieter ?

– Un étudiant en peinture que j'avais rencontré dans un musée, à Saint-Pétersbourg. On avait passé une journée assis côte à côte sur une banquette en velours, à regarder *La Charge de la cavalerie rouge* de Malevitch, sans se parler. J'essayais de découvrir comment une phrase pourrait être aussi captivante, aussi vive que les petits cavaliers galopant à l'arrière-plan, ventre à terre. On avait fini par se parler, il m'avait dit de venir le voir si je passais par Berlin, alors quelques mois plus tard, quand j'avais plus su quoi faire à Athènes, j'avais pris le train et j'étais arrivée chez lui, au vingt-quatre de la Hermannstraße. Je comptais simplement boire un thé et me mettre à la recherche d'un appartement, mais une de ses deux chambres était vacante et quand il m'avait offert de la louer, j'avais repensé aux bons moments qu'on avait passés assis ensemble en Russie, et j'avais dit oui, sans savoir que j'allais y rester beaucoup plus longtemps que je n'étais restée nulle part avant depuis trois ans.

Je n'ai jamais réussi à établir solidement la liste de tous les endroits où Caroline a vécu pendant ses voyages – les pays traversés en train, la nuit, ceux où elle a simplement dormi, épuisée par sa course effrénée, ceux où elle est restée assez longtemps pour refaire la peinture dans les appartements, ceux où elle a eu un chat, ceux où elle n'a fait que pleurer, ceux dont elle ne se souvient même pas.

– Dieter savait qui vous étiez ?

– Qui j'étais ? Elle avait répété en écho, moqueuse. Quand j'ai défait mes bagages pour m'installer, il a regardé tous les livres que je transportais avec moi. *J'aime lire, moi aussi,* il a dit. *– C'était quoi le dernier que tu as lu ? – Je ne sais plus le titre, mais c'était vraiment bien. – De quoi ça parlait ?* Il m'a résumé l'intrigue. Quand il a eu fini, je lui ai dit : *Ce livre, c'est moi qui l'ai écrit.* Dieter m'avait regardée un moment. *C'était un bon livre,* il avait conclu en souriant. Je lui avais rendu son sourire, mais au fond, quand je suis arrivée chez lui j'étais plutôt en panique. *Les Indices* avait passé la barre des cent mille exemplaires dans le premier mois de sa sortie. En l'écrivant, vers la fin, j'avais vu mes propres phrases s'épurer, presque à mon insu, et j'avais compris que plus jamais je n'écrirais dans ce style qui m'avait permis d'en faire ma vie. Ça n'avait échappé à personne. On pouvait trouver des articles écrits par des gens qui regrettaient

– regrettaient *quoi* exactement ? Que je n'aie plus vingt ans ? J'allais avoir vingt-sept ans, en effet. Et je pensais qu'il était plus que temps pour moi d'écrire une symphonie. Je voulais aller au centre des choses, au cœur nucléaire de l'écriture, là où elle devenait aussi intensément dure et solide qu'une dent.

– Et alors vous avez écrit *Pas éternels.*

« Ce qui m'était arrivé autrefois avec Jude, et qui avait décidé de toute ma vie, je ne l'avais jamais raconté à personne. J'en ai parlé pour la première fois à Meredith quand elle est venue me voir à Berlin. *Qu'est-ce que tu veux, exactement ?* elle m'a demandé après. *Ça fait cinq ans que tu as divorcé de Marius, trois ans que mon frère est mort. Je ne t'ai pas vue avec un homme depuis, et seulement maintenant tu me racontes que tu as eu une histoire avec Amos. Si tu veux mon avis, tu aurais peut-être dû commencer par là. Mais qu'est-ce que tu veux, toi ? – Je veux la tempête,* j'avais répondu pour la faire rire. – *Mais mon cœur, tu es* la tempête, elle avait dit en secouant la tête. *Il ne tient qu'à toi.* Quelques jours après son départ, dans ma chambre de la Hermann, j'ai lu sur le rouleau de la machine : *J'avais dix-huit ans* – et j'ai su qu'il était temps. *Tu n'en revenais pas,* j'ai tapé avant de rectifier – *je dis n'importe quoi – tu ne voulais même pas partir. J'avais dix-huit ans,* j'ai répété. *Tu détestais ça – Il te restait tout juste la force de m'emmener déjeuner – Et de rire – Pour ne pas pleurer.* J'ai tout écrit en un seul jet, comme des cordes lancées, et pour la première fois, j'ai mis des mots sur le passé. Je donnais libre cours à ma colère – ma colère contre Jude qui m'avait fait du mal sans jamais m'expliquer pourquoi, après m'avoir tout appris, il m'avait congédiée. Pourquoi il avait gardé le silence si longtemps pour ne finalement le rompre que par téléphone, sans à aucun moment se présenter devant moi et faire la paix, si c'était ce qu'il voulait. Je pouvais vivre comme ça – dans son absence – j'avais réussi pendant des années, et ces années avaient été fructueuses et trépidantes, à leur façon. Mais surtout elles avaient été lourdes de silence, et je voulais parler. Je voulais le prendre dans mes bras et le secouer et qu'il parle à son tour. Je voulais écrire quelque chose qu'il soit obligé de comprendre, quelque chose qui l'empêcherait de dormir la nuit et lui rappellerait cette courte année où nous avions été jeunes et perdus – mais tous les deux. Je pensais que je voulais qu'il revienne pour de bon. Je rassemblais tout ce que je pouvais comme on rassemble une armée, ou des objets épars qu'on jette dans une valise, avant d'aller se cacher pour mourir. J'essayais d'y voir clair, dans une semi-fiction, de dompter le langage, de libérer la mémoire blessée. *Toutes ces années où tu étais mon pays – du Jamais-Jamais.* J'étais électrique, je sortais acheter des cigarettes et du jus de fruits vers seize heures et puis je filais au Bar25, je tapais des amphétamines broyées avec Dieter dans les toilettes pour hommes, et je dansais tout l'après-midi. Je rentrais prendre une douche à la maison, j'écrivais trois heures d'une traite et je repartais pour le Berghain, pour danser encore, et quand l'étage inférieur fermait je montais au Panorama Bar pour y rester jusqu'au lundi matin et puis je rentrais en métro et je me remettais au travail. De temps en temps, Dieter passait la tête par la porte pour me demander si tout allait bien, et je disais *oui,* en espérant que ce soit vrai. J'écrivais des poèmes cruels, pour provoquer Jude, pour l'obliger à se montrer ailleurs qu'à la télé, pour le faire bouger. Je me débattais dans le passé, et je déroulais mon chant tout autour de moi, comme une clôture électrifiée. Les feuilles dactylographiées s'amoncelaient en pile sur mon bureau. Quand je les relisais, je voyais apparaître quelque chose de nouveau, une paix inédite pour moi, émergeant des poèmes, laborieusement. L'horizon dégagé. *Pas éternels – nous ne sommes pas éternels.* C'était aussi simple que ça. Je voulais le dire à Jude. On n'aurait pas deux vies. Même si on pouvait en vivre brièvement une deuxième dans nos textes, on n'aurait pas deux vies, on en aurait une seule. Quand ça a été fini, j'en ai posté un exemplaire à l'éditeur, et un autre à Jude. Je l'ai aussi donné à lire à Dieter au petit déjeuner, et quand il a eu fini, il m'a dit : *Caroline, je crois que ça ne va pas être facile pour toi, de trouver le bon mec. – C'est-à-dire qu'il est sans doute en prison à l'heure qu'il est,* j'avais répondu pour le faire rire. En fait, il y en avait sans doute quelques-uns en prison qui auraient pu faire l'affaire, pour un temps, mais le bon n'y était pas. Le bon était en liberté, et il ne tarderait pas à se manifester.

À mesure qu'elle parlait, la lumière se faisait dans ma tête. *Pas éternels,* ses premiers poèmes. Ses seuls poèmes. Petites phrases mystérieuses, rancunières, me revenant en mémoire. Comme tout un lectorat, jusqu'ici j'avais cru à l'autonomie du texte. Jamais je n'avais deviné que c'était, de tous les livres de Caroline, le plus personnel. Une approche de l'amour sauvage, agressive. Une provocation. Un appel de détresse. Dès ses débuts, elle avait tellement coupé l'herbe sous le pied à toute conjecture d'autofiction, elle avait défendu si jalousement le territoire incendié de sa vie privée, qu'arrivé à cet endroit de son parcours, personne n'avait plus pensé à se poser la question. Mais tout était là pourtant. Aujourd'hui, je me lève de ma table de travail, je prends le livre sur l'étagère, je l'ouvre, et je suis à nouveau happé par sa voix intacte, furieuse, sa voix fondant sur Jude comme un oiseau effrayé contre une vitre, suppliant qu'on lui ouvre, et qu'il puisse délivrer son message.

Comprends-moi –
– Je ne veux plus te voir
Parce que tu portes le visage de celui que j'aime

Mais tu n'es pas lui – tu arbores ce visage
Comme une offense pour moi, ce visage qui n'est plus
Tout à fait le même – quelque chose semble froissé
Et quand la bouche se met à parler elle dit
Ce que celui que j'aimais me disait
Mais je sais que c'est un piège – Celui que j'aimais
M'aimait aussi – il était jeune et bon et pleurait de vraies larmes
Tu as le visage de celui que j'aime
Mais pourtant je sais qu'il est mort il y a des années
Et alors c'est comme si tu agitais une couronne de fleurs
Devant mes yeux alarmés – je ne veux plus te voir – je veux
Que ce visage disparaisse de la surface de la terre
Comme l'a fait, dans un silence que je ne m'explique jamais
Celui que j'aime –
Celui que j'aimais.

Celui que j'aime.

« Peu de temps après, Dieter est parti vivre avec une fille dans un atelier du côté de Wedding, et je me suis retrouvée seule dans l'appartement. C'est à ce moment-là que j'ai reçu un texto de Jude – *appelle-moi*. Je souriais en le relisant. Je n'avais fait que ça, depuis des années. Au téléphone, quand il a su où j'étais, il a simplement dit : *Ne bouge pas. Ne bouge plus du tout. J'arrive.* Quelques jours plus tard, quand il était apparu dans le hall de l'aéroport, il m'avait regardée de la tête aux baskets, et il avait souri. *Tu vois, Spacek, ce qui est fou, au fond, c'est que statistiquement, plus des pompes sont aberrantes, plus t'as de chances qu'il y ait écrit* fashion *dessus.* C'était bien lui – un peu plus abîmé qu'avant, mais toujours pertinent, prévisible, intraitable. Je l'avais fait monter dans un taxi. À la maison, il s'était installé avec moi dans la première chambre, et on s'était mis à écrire toute la journée sur la grande planche à dessin laissée par Dieter. J'écrivais *Mange dans mon assiette,* et Jude prenait des notes pour un livre qui finirait par s'appeler *Tout Pour Te Cuire.* Nous échangions des sourires, avec les machines entre nous, monnaie légère, dérisoire. Nos pieds pouvaient se frôler sous la table, mais c'était tout. Nous gardions soigneusement nos distances. Nous ne parlions pas des poèmes que je lui avais envoyés et qui seraient publiés dans le courant de l'automne. Nous avions l'un pour l'autre la même précaution que nous avions appris à avoir avec les textes ébauchés, les textes qui ne nous avaient pas encore fait de mal, mais qui pouvaient d'un moment à un autre transformer notre existence en enfer si nous ne trouvions pas les mots. Tête à tête comme deux ennemis coincés sous un lourd engin de guerre qui a glissé après un assaut, et qui attendent de mourir ensemble. Il y avait presque dix ans qu'on s'était rencontrés, et il semblait que rien n'avait réussi ni à nous rapprocher ni à nous séparer pour de bon. *Tu y repenses ?* je lui avais demandé sans lever les yeux de ma page, une ou deux semaines après son arrivée. *Des fois. Quand je viens t'aider à remonter les fermetures Éclair de tes robes.* Je l'avais fixé. *Ton visage a changé, un peu,* il avait dit, désorienté. *Mais ton dos n'a pas bougé*. Dans le passé, parfois, il nous était arrivé de nous sentir proches, mais ce n'était peut-être que la proximité de deux lutteurs s'empoignant à mort. Je le regardais par-dessus la table, parfois – son visage que j'avais tellement aimé et que j'avais enfoui dans ma mémoire comme sous la terre après. Il y avait quelques années de ça, il m'avait léchée, comme un timbre, et renvoyée à l'expéditeur – mais je lui avais survécu. Quoi qu'il ait été, un chasseur de têtes pour construire sa renommée, ou un chasseur tout court, m'ayant traquée dans ma Mitteleuropa, j'avais survécu à sa voix dans mes oreilles, à ses mots inexplicablement, inextricablement mêlés aux miens. Tôt le matin, dans le bruit des oiseaux et un calme absolu, l'un de nous réveillait l'autre d'une pression de la main sur la tête, et nous étions debout. Il fallait appuyer sur le bouton du grille-pain, mettre de l'eau à chauffer, faire la paix. Nous nous installions face à face au bureau, et nous tapions comme si nous ne le pourrions plus jamais après. C'était dans ces moments-là que notre vie intacte ressemblait le plus à notre vie brisée d'autrefois. L'air autour de nous – saturé de souvenirs comme si c'était des moustiques. Plus tard, sirotant une margarita frappée dans un fauteuil du café Hannibal, Jude tendait un bras vers moi, fièrement – *Tu as vu ? Je ne me ronge plus les ongles – Montre-moi ta deuxième main, Jude – Non, je n'y crois pas, tu te souviens de ça ? – Bien sûr que oui. Tu ronges toujours une seule main. Comme ça tu peux montrer l'autre aux filles en prétendant que tout va bien – Tout va bien,* il disait, et ça pouvait être vrai. On avait eu des journées entières à se détruire, et maintenant, on arrivait à être à nouveau dans la même pièce. On ne se quittait plus. On s'était perdus trop souvent. On avait écrit toutes ces phrases, on les avait rendues publiques, et c'était autant qu'on ne pouvait pas dire. C'était trop tôt pour savoir si on avait gagné une guerre ou si elle battait toujours son plein. On avait partagé tout, et rien. On mangeait de la glace dans le même pot, assis sur les marches dans la cour. La nuit, il se couchait contre moi, en pyjama, calait ses pieds sous les miens, et nous dormions – nous dormions plus paisiblement que jamais auparavant.

« Il était là depuis trois semaines quand je l'avais entendu chuchoter, penché au-dessus de moi sur ma page : *T'as passé l'âge de la précocité. Au cas où t'aurais pas remarqué. Alors, qu'est-ce que t'as dans le ventre ? Tu vas mal finir si tu continues comme ça – Mais je finirai ce que j'ai commencé.* C'était tout ce que j'avais réussi à articuler. Jude avait ri. *Pas mal. Mais tu ne peux pas me la faire à moi. T'as toujours eu de bonnes répliques. Mais si c'est tout ce que tu as, tu n'auras jamais vraiment le dessus. Je te connais comme si je t'avais faite. – Sauf que je me suis faite toute seule. – Tu en es si sûre que ça ? Fini les exercices de style, Spacek. Je t'ai pardonné trop de mauvais livres.* J'avais obtenu plus de prix que lui pour ce qu'il appelait des mauvais livres, mais je n'avais rien répondu. J'avais continué à écrire, et quelques jours plus tard, en revenant d'acheter des cigarettes, je l'avais trouvé assis à la table de jardin dans la cour. Il était en train de lire mes brouillons. Il avait levé la tête quand il m'avait entendue arriver. *Bien joué, Caroline. Tu tiens le truc.* Il secouait les feuilles dans l'air avec un sourire éblouissant. *C'est bon. Tu as arrêté de raconter des histoires. Tu fais de la littérature. T'as fait ce que je t'ai dit. Mazeltov. Le temps que ça t'a pris.* Ses yeux couraient sur mon visage et mon visage ne bougeait pas. *Ne fais pas ça,* je pensais. *Ne m'oblige pas à t'en vouloir à nouveau. Te pardonner a été ce que j'ai fait de mieux. Je ne veux plus me battre avec toi.* Mais il ne m'entendait pas. Il tenait mes brouillons entre ses doigts, concentré, précisant : *Tu n'as pas toujours été si tenace. T'as toujours eu plutôt plus de forces que la normale, mais tu n'étais pas si tenace. – Tu dis ça parce que je n'ai pas remonté l'escalier quand tu m'as jetée ?* j'avais demandé entre mes dents, finalement. Il m'avait regardée plus attentivement. Je pouvais me voir dans ses lunettes de soleil, le stylo dans la bouche, furieuse. – *Peut-être.* Et alors je l'avais reconnu – sous son déguisement d'invité parfait, il était là, comme un serpent sous une pierre, comme il avait été dix ans avant, fier, impitoyable, prêt à tout pour avoir le dessus, même ici, même dans ma maison où je l'avais accueilli sans poser de questions, déterrant en un sourire la hache de guerre que j'avais mis des années à ensevelir – et ça faisait tellement mal que j'étais sortie de mes gonds, avec la voix accidentée et rauque de l'enfant qu'il avait offensée. *Tu me cherches ou quoi, Jude ?* Sur la terrasse, désinvolte, étrangement satisfait, il m'avait répondu *Non. Je ne te cherche plus. Je t'ai trouvée.* Il avait fait demi-tour pour rentrer dans l'immeuble, et j'avais rassemblé mes pages éparses.

J'imagine ces jours-là. Dans la Prinsenstraat, à la petite table portative que Piet m'a offerte pour travailler, sur le toit de l'immeuble auquel on ne peut accéder que par une échelle partant du solarium, seul sous le soleil, j'essaye de reconstituer ces journées mystérieuses de Berlin où deux des écrivains majeurs en activité se sont retrouvés. Personne ne sait ça, à part elle et moi, et quoique de nous deux elle soit le véritable écrivain, il semble que ce soit à moi de le raconter, parce que, c'est évident maintenant que je suis là avec la pile de cassettes à décrypter, je suis le biographe. J'étais venu poser quelques questions négligeables, et elle m'a livré plus que je ne saurai jamais retranscrire. Cent seize cassettes de quatre-vingt-dix minutes. Cinq cent cinquante-quatre pages de notes périphériques. Papier et bande magnétique – sa vie. Je veux parler des matins ensoleillés, avec seulement le bruit des touches frappées pour rompre le silence, je veux parler des jours de pluie, où *le mieux qu'il y avait à faire, c'était encore d'aller danser – parce qu'on dansait bien mais qu'on s'aimait mal encore.* Je veux parler du Golden Gate, du Watergate, de l'Arena, des taxis infatigables qui faisaient la navette d'un club à l'autre sans savoir qu'ils transportaient deux auteurs, deux ex-amants, je veux convoquer la voix de Caroline Spacek, vive, mémorable : *Je le tenais dans ma main comme il me tenait dans la sienne.* Je veux voir avec clairvoyance les gin tonic au bord du canal, les pages empilées – à des kilomètres de distance, je veux évoquer la trêve des confiseurs, les angles arrondis. Je veux convoquer le passé. Je veux parler des retrouvailles, je veux parler d'un corps-à-corps. Je veux parler du choc. Des quatre pieds nus se frôlant sous l'eau douce du *Club der Visionaere*. De l'écrivain rattrapé par sa secrétaire. Elle me livrait des bribes de dialogue, les mots avec lesquels ils s'étaient signifiés l'un à l'autre leurs positions respectives. Avançant les mots difficilement, comme des régiments dans la neige, jusqu'à la confrontation. Pendant les seuls jours de pluie qu'il a fait cet été-là dans le Devon, un été *exceptionnel pour la région*, comme ils disaient dans les journaux, nous sommes restés assis face à face dans le salon, chacun sur un canapé, toute la journée – et nous étions il y a dix ans. Nous étions à Berlin. J'étais assis à côté d'eux pendant qu'ils se retrouvaient. J'étais la tasse de thé, le cendrier plein, le miroir sans tain de la salle de bains. Je retenais mon souffle, tandis qu'ils se toisaient dans la chambre fermée, comme des animaux qui s'éprouvent.

« Un soir, je lui avais demandé : *Tu as déjà dit à quelqu'un que j'avais été ta secrétaire ? – Tu veux savoir quoi ? Est-ce que j'ai déjà raconté à un journaliste que Caroline N. Spacek avait tapé à la machine pour moi avant de devenir célèbre ? Non, Caroline. Je n'ai jamais dit ça à personne. – Pourquoi ? – Je ne sais pas. C'est entre toi et moi. Toi, tu leur as dit ? – Non. Mais après, quand je t'ai remplacé pour les interviews, je ne suis demandée si quelqu'un ferait le lien. Jude,* je lui avais demandé pour rire, *si je meurs la première, tu crois qu'on va te poser des questions sur mon travail ? Tu crois que les journalistes vont essayer de te faire parler toi ?* On était au Misfit Bar, sous le lierre de la terrasse. Il faisait une chaleur dense, continentale, on vidait nos verres jamais vides en se regardant dans les yeux, et Jude avait dit : *Bien sûr. Et je leur dirais que t'avais la peau douce. – Quoi ? – Toutes tes héroïnes ont la peau douce. T'as jamais remarqué ? Tu te répètes. Je leur dirais que oui, toi aussi t'avais la peau douce, et que c'est sûrement par là qu'il faut commencer, pour l'analyse de ton œuvre.* J'avais demandé, *Et si c'est toi qui meurs le premier ? Qu'est-ce que je dois leur dire ? – Si je meurs, ils t'enterreront vivante avec moi.* J'avais levé les yeux. Il était absolument sérieux. Épouses et esclaves jetées dans la tombe du roi avec ses objets préférés – j'avais frissonné. Pour écarter le sujet, j'avais repris : *Mais d'abord, comment tu peux te souvenir de ma peau, après toutes ces années ? – Je me souviens de tout, Caroline.* Et là il s'était mis à pleuvoir d'un coup, à trois heures du matin, et on avait fui du petit jardin en courant dans Oranienstraße. Il continuait à parler sous l'averse, mais je n'entendais pas bien ce qu'il disait. *Tu as eu d'autres secrétaires ? – J'ai eu que toi.* Les phrases m'arrivaient lavées par la pluie, sans que je puisse être bien sûre d'avoir compris. *Pourquoi moi ? – J'étais sûr que tu saurais préparer le café. – Ce n'est pas vrai. – Non. – Et après ? – C'est un interrogatoire ? – Oui. – Alors, qu'est-ce qui est arrivé, avec tes maris ? – Ils m'ont quittée. – Mais comment est-ce qu'on peut te quitter ? – Tu sais ça mieux que personne, non ? Qu'est-ce que tu as fait, toi, après m'avoir quittée ?* J'étais ivre, je vacillais, et les phrases continuaient d'arriver, Jude m'avait rattrapée et je commençais à les recevoir de plus en plus perceptiblement. *Je t'ai pleurée. Je t'ai pleurée, Caroline.* Alors je m'étais arrêtée net. Là, tous les deux, sous la pluie, trempés, dans nos vêtements inadaptés, titubants. Jude avait attrapé mon front dans sa main et me serrait contre lui. Il avait hélé un taxi, et sur la banquette, il s'était remis à parler, tellement distinctement. *Tu étais trop et tu n'étais pas assez. Tu ne savais rien. Tu as tout pris. Tu as tout recouvert. Tu m'as manqué tous les jours.* Ein Wunderkind. Mein Wunderkind. *Rien ne m'arrachera plus à toi que tu n'aies voulu. Je t'aime pas comme avant. Je t'aime plus. Je t'aime tout le temps. Je te connais par cœur. J'en ai pas fini avec toi. Je suis toujours le même. Celui que tu aimais. Celui qui t'aime. Qu'est-ce que tu as fait de mon grand amour, petite ? Deux maris. Deux, Caroline. Tu m'as fait ça. Je t'en veux encore. Je te veux encore. Je te veux.* Il m'avait embrassée sur ma bouche ouverte. Il ne m'avait pas mordue. Il savait que je ne le lui pardonnerais plus s'il essayait. Il était revenu étreindre cette rancune. Il était là. Une main derrière ma nuque, l'autre à plat. Calibre posé à plat avant les négociations. Trente-sept ans, dévasté, inquiet, ombrageux, difficile à comprendre, nu, inoubliable, voué à la postérité, portant partout sur lui les traces presque imperceptibles de la cocaïne, prodige, grand buveur, Jude Amos, venant me chercher, pour la dernière fois. Dans notre bureau, dans notre peur, il m'avait reprise. Il avait refait les gestes, il était rentré pour la première fois depuis des années dans mon corps inconsolable. Il avait essayé de recoller les morceaux et de me faire gémir à nouveau. Sa peau revue de près, ses joues pas rasées, ses oreilles. Son corps était différent, mais son odeur était la même. Et il voulait que je vienne – que je revienne, moi aussi, là où il m'avait laissée. Il avait rampé pour ça. Il avait attendu de glisser à l'intérieur de moi, avec les mouvements lents et réduits de quelqu'un qui cherche à ne pas faire craquer les sutures. Il m'avait sucée dans la nuit noire. Il plaidait sa cause. Il avait plaidé longtemps.

Quelques jours s'étaient écoulés avant qu'elle ne se remette à parler de cette nuit qu'ils avaient partagée à Berlin. Dans cet entracte, nous étions partis en voiture faire de longues balades dans les collines avec l'autoradio à fond, aucun de nous ne parlait, mais nous étions désormais arrivés à une intimité qui supportait le silence. Nous n'allions nulle part en particulier, nous nous contentions de rouler sans but dans la campagne – l'odeur de cuir du vieux break mêlé au Guerlain de Caroline, ses doigts écorchés sur le volant, parce qu'elle avait coupé des ronces un peu avant, les secousses de la route, le sautoir nacré qui se balançait au rétroviseur intérieur, et les moutons qui défilaient à toute vitesse dans mon champ de vision. Quand nous nous arrêtions déjeuner dans des pubs au bord du chemin, Caroline semblait toujours affamée, électrique, et je me demandais si c'était dans cet état qu'elle avait traversé l'Europe autrefois. Assise en face de moi, elle commandait au hasard et en abondance, *nachos, turkey avocado burger, catch of the day, apple crisp* à la mode, et je tentais de mesurer les kilomètres qu'elle avait faits, avant d'arriver à Berlin et d'accéder à un semblant de vie équilibrée avec Dieter qu'elle m'a toujours décrit comme un des types les plus gentils au monde et dont j'ai vu les tableaux chez elle – de beaux tableaux, pour autant que je puisse en juger – de grandes toiles abstraites et réjouissantes qui donnent une assez bonne idée de ce que ça pouvait être de vivre avec lui. Quelle vie étrange elle avait eue avant de se retrouver dans le break avec moi, cette femme qui me regardait, pensivement, par-dessus une table encombrée de porcelaine vide. Quand je lui avais dit que je regrettais de n'avoir eu aucune chance de la connaître quand elle était plus jeune, elle m'avait répondu : *Oh, non. Ça m'a demandé des années pour être là comme je suis devant toi aujourd'hui. À vingt ans, je t'aurais mordu, à trente je ne t'aurais même pas vu.* Je ne prétendrai jamais l'avoir apprivoisée. Elle s'était simplement habituée à moi. *C'est ça. Un peu comme on s'habitue à nager avec des palmes. Ou à* marcher *avec – ça dépend des jours.* Rentrés à la maison, après une journée de route, nous prenions une douche et nous nous retrouvions dans le noir sur la terrasse avec une part de tarte, nous buvions du Montepulciano et c'était comme boire un lac, cette paix, cette indestructibilité. Un soir où il faisait vraiment chaud, elle était partie chercher deux petites piscines gonflables dans la remise – *J'en ai acheté une nouvelle exprès pour toi, la dernière fois que je suis allée à Exeter toute seule. C'est comme être dans un donut, tu vas voir.* En pleine nuit, côte à côte chacun dans notre petit bassin d'eau douce, en maillot de bain, les jambes à l'extérieur, la bouteille à portée de main, nous avions rallumé le dictaphone, les yeux fermés.

« Le lendemain, quand je me suis réveillée, Jude était assis à côté de moi, nu, et il me souriait. On s'était dévisagés un moment, et puis il s'était allongé contre moi pour me parler à l'oreille. *Je t'ai voulue dès que je t'ai vue. Dans ce café où tu travaillais. Je suis resté là des heures comme un abruti à chercher comment je pourrais te convaincre de me suivre. Et en même temps je ne comprenais pas comment une fille aussi jeune et aussi sauvage que toi à ce moment-là pouvait me mettre dans tous mes états. J'étais terrifié. Je te voulais mais je ne voyais pas ce qu'on pourrait s'offrir. Comment on pourrait avoir une vie ensemble. Pendant que j'étais assis là, je t'ai entendu demander à une fille de t'expliquer comment il fallait s'y prendre exactement pour se coller comme elle une paillette de strass sur une canine avec du vernis à ongles transparent.* Ce genre de choses n'est pas censé arriver, *je gémissais dans ma tête.* Les choses ne peuvent pas être aussi compliquées. Je ne peux pas envisager que la fille que j'aime soit sensible aux *bijoux de dent.* C'est trop pour moi. C'est une malédiction. *Mais la fille te parlait et je t'écoutais répondre, et chaque phrase que tu prononçais était de la musique dans mes oreilles. Rien n'allait mais tu chantais jusqu'au fond de mon crâne. Je ne pouvais pas vivre sans cette voix. Je ne pouvais pas repartir et oublier que j'avais entendu ça. Tu as résisté un peu, mais tu es venue, et je n'ai jamais su pourquoi. Je t'ai installée chez moi, dans l'appartement que j'avais hérité de mon père. Je t'ai mis la machine à écrire dans les bras.* Avec un peu de chance, *je me suis dit,* elle va détester ça et repartir. Elle va être mauvaise. Tout va rentrer dans l'ordre. *Mais tu t'es mise à taper comme si tu avais fait ça toute ta vie. Je n'avais jamais dicté à personne, je n'avais écrit qu'un seul livre auparavant, après tout, et maintenant il fallait que je compose de la poésie à voix haute devant une fille de dix-huit ans qui levait vers moi son petit visage perplexe, impatiente dès que je m'interrompais. Je t'emmenais avec moi, le soir, parce que je me disais,* si je la laisse seule et qu'elle commande une pizza, le livreur va me la prendre. *Je t'aimais à ce point-là, Caroline. Tu étais dans ma maison depuis déjà un mois quand tu t'es mise à me poser toutes ces questions, et l'étendue de ton ignorance me laissait muet. Mais je me souviens aussi de la fois où tu as démonté et remonté tous les trucs en métal sous le lavabo pour le réparer. Debout à côté de toi, j'avais envie de hurler –* Qui tu es, à la fin ? Comment est-ce que tu peux à la fois envisager que la bande de Gaza soit un groupe de hip-hop, et ne prononcer que des phrases merveilleusement équilibrées, quoiqu'elles ne soient grammaticalement correctes dans aucune langue ? Et comment est-ce que c'est possible que tu ne fasses plus *aucune* faute d'orthographe ? *Tu n'arrêtais pas de changer. Au bout de quatre mois que tu étais là, je te regardais et tu n'étais plus la même. Tu t'épanouissais comme une fleur carnivore. Je te retrouvais tout le temps en train de lire. J'avais le souffle coupé. Tu t'es mise à utiliser ces petits feutres pour corriger mes poèmes, et quand je les relisais tout seul je ne pouvais pas comprendre comment tu avais appris à faire ça. Dans ma confusion, je t'ai fait l'amour, et tu savais faire ça aussi. Tu ruisselais dans mes bras comme de la pluie. Mais jamais, jamais, jamais, jamais tu n'as dit que tu m'aimais. Je suis devenu fou, parce que je ne comprenais pas et que j'étais quelqu'un qui avait l'habitude de comprendre. Tu prenais toute la place. Je me sentais perdu. J'ai essayé d'être dur avec toi, de te pousser à bout, mais ma violence n'était rien à côté de ce que tu avais déjà connu, et ça, je ne l'ai su que beaucoup plus tard, quand j'ai lu tes livres. J'ai été abasourdi au début, la première fois que j'ai reconnu ton visage en photo dans une librairie, le même petit visage qui m'avait fixé quand je t'avais chassée de chez moi parce que je croyais qu'il fallait que je défende mon territoire, parce que je n'étais pas prêt à tout partager avec toi, parce que la littérature était la chose que je préférais et qu'une partie de moi était humiliée que tu m'aies rattrapé sur ce terrain en un temps aussi court.* Une serveuse, *je pensais.* N'oublie jamais. Une serveuse de bord de mer. Dix-huit ans. Des bijoux de dent, mon Dieu. Et maintenant c'est elle qui te dit comment écrire ? *J'ai réussi à me convaincre que j'avais assez, qu'au fond j'avais simplement voulu te baiser, mais que la plaisanterie avait assez duré. C'était toi ou moi. J'étais orgueilleux, je le suis toujours, mais maintenant j'ai appris à l'être pour deux. Après le premier choc, j'ai été tellement fier de toi, quand tu t'es mise à écrire des livres. Je les ai tous lus, dès le premier jour. J'ai dormi avec, souvent, je les empilais dans mon lit quand tu me manquais. Tout le temps. Tu m'as manqué tout le temps. Mais je n'étais toujours pas prêt à venir te chercher. Et quand je l'ai été, Caroline, tu étais mariée. J'ai écrit des livres, et je revenais toujours à cette histoire avec toi. Tu t'es mariée encore une fois. J'avais envie de mourir quand je pensais à ton corps dans les mains de quelqu'un. Et tout d'un coup tu as disparu. Les journaux avaient perdu ta trace, on disait que tu ne t'étais pas présentée à une séance de dédicaces. Quand tu as réapparu à la télévision, un an plus tard, je ne pouvais pas y croire. Et cette fois j'ai réussi à te téléphoner. Tu m'as tenu tête comme avant, mais tu es revenue, un petit peu. Quand tu m'as donné les clés de ton appartement, j'ai vu tous mes livres sur une étagère, comme chez moi il y avait les tiens. Tout ce chemin. Et je ne savais toujours pas exactement ce qui se passait dans ta tête. Jusqu'au jour où j'ai trouvé dans ma boîte aux lettres cette lourde enveloppe qui venait me dire que nous n'étions pas éternels. Alors j'ai fait ma valise, et je suis venu te voir. Je suis venu te répondre qu'en effet, nous ne sommes pas éternels, et que je ne veux plus être séparé de toi. Je veux t'entendre tous les jours et je veux te voir et je veux te prendre. Je veux t'épouser, Caroline.*

« D'après la coutume juive, nous n'étions pas censés nous voir dans les jours précédant le mariage. Quand Jude m'avait proposé qu'il aille dormir à l'hôtel quelque temps, je lui avais rappelé qu'on ne s'était pas vus pendant des années, et que c'était sans doute assez. Il avait acquiescé – mais je n'avais pas compris tout de suite l'importance que ça avait pour lui. C'est seulement quand je l'avais vu, le matin même, agenouillé, glisser une pièce de monnaie dans une de ses boots que j'avais pris conscience de sa profonde inquiétude à l'égard de ce mariage, son premier. Il recourait aux amulettes les plus anciennes pour nous protéger, tous les deux. En se relevant, il m'avait vue et il m'avait souri, nerveusement, et agité les bras pour me réciter, dans le texte mais avec un accent yiddish exagéré dissimulant maladroitement sa tension – *Coutumes ! Nous n'avons pas assez de coutumes.* Et j'avais pensé au texte de Rilke dont la phrase était tirée, ce requiem si parfait que j'avais lu il y avait des années avec lui – aucune précaution ne serait de trop, en effet. La peur est une émotion humaine acceptable, mais elle est aussi une responsabilité, puisqu'il ne tient qu'à nous d'être plus sereins et moins effrayés, d'être courageux. Et il arrive que nous ayons besoin de faire appel au dérisoire des talismans pour parvenir à soutenir notre propre angoisse. Jude et moi avions trop souvent joué à Dieu dans nos livres pour être vraiment religieux, mais comme des oiseaux tissant des nids avec des bribes, des cheveux et des brindilles, nous avions puisé dans le peu de croyances que nous avions pour immuniser notre mariage. Nous avions mis les formes comme on met des casques et des boucliers, comme on met toutes les chances de son côté. Il n'y aurait jamais assez de coutumes pour racheter la désinvolture avec laquelle nous avions traité notre propre amour. Jude avait mis son costume bleu, et des fleurs dans mes cheveux, et à onze heures, un jeudi d'avril, nous étions sortis mariés de la mairie de Kreuzberg, avec Dieter et quelques autres. Après la cérémonie, dans la salle du restaurant du Savoy, Jude s'était levé et avait frappé son verre avec sa petite cuillère avant de se lever, une main posée doucement sur ma tête, puis sur mon épaule. *Si je t'oublie, Jérusalem,* il avait dit dans un murmure concentré, *que ma droite s'oublie. Que ma langue s'attache à mon palais, si je ne me souviens de toi, si je n'élève Jérusalem au-dessus de toutes mes joies.* Il avait approché ma coupe de champagne de mes lèvres pour m'en donner une gorgée, avant d'y boire à son tour et de briser le verre à ses pieds. Je pensais à tous les verres que Marius avait cassés pour rien et aussi aux bonbons *Fisherman's Friend* que, très longtemps avant, Jude faisait passer de sa bouche à la mienne – je pensais à notre roman préféré de Faulkner, portant le psaume en exergue, et à l'héroïne, Charlotte Rittenmeyer, quand elle disait à son amant imbécile que *la valeur de l'amour est la somme de ce qu'on est prêt à payer pour l'obtenir,* et que *chaque fois qu'on l'obtient à bon compte on se vole soi-même,* je pensais à l'abondance, à la pauvreté, la santé, la maladie, la joie, la tristesse – et maintenant, la voix grave de mon époux recouvrant tout, comme la pluie lave la poussière, récitant les quelques phrases rituelles qu'il connaissait. Debout, épuisant les dernières traces de sa peur dans la cadence d'un poème séculaire, faisant un cercle de parole autour de moi, une danse sioux. *Rien ne vaut une main sur l'autre posée. Jamais je n'oublierai aucun de tes mots. Personne ne pourra séparer ceux qui ont été un seul et vont se retrouver.* C'est sur ces trois phrases qu'il s'était arrêté, tout à coup gai, libéré. Les invités avaient applaudi, nous avions découpé le gâteau et bu jusqu'au soir, au Savoy et puis au Misfit, avant de rentrer en taxi dans la Hermannstraße où nous avions passé notre nuit de noces allongés l'un contre l'autre dans le noir, trop émus pour faire l'amour, heureux simplement de sentir nos pieds s'effleurer sous la couverture. Le lendemain, à la première heure, on avait pris le train pour Budapest, et on s'était installés à l'Astoria Hotel. Toutes les nuits, nous roulions dans les draps immaculés, euphoriques, infatigables, Jude me léchant comme une chatte son seul chaton, repoussant mes cheveux de ses mains fraîches sur mon front quand il me prenait en cuillère. Le passé laissé loin derrière. Nos doigts qui avaient tellement tapé et ne semblaient plus vouloir que caresser. Le soir, nous descendions main dans la main dîner dans la grande salle du Mirror au rez-de-chaussée où des serveurs dignes comme de la porcelaine nous apportaient du bortsch et du caviar russe sur des petits plateaux roulants, avant de sortir danser la valse dans les discos vides de l'ancien ghetto. Jude composait des poèmes à voix basse dans mon oreille, tous les trois temps – *c'est la ville – où est né – l'homme qui a affirmé – qu'il allait continuer – à vivre – sa vie invivable – et rien – ne semble pouvoir – avoir de prise sur nous – l'amour – commence – avec le déséquilibre – me dit ma femme quand elle se penche – ivre – par le balcon du sixième étage – quand je lui crie de faire attention – l'amour fou – porte bien son nom – j'ai l'impression – d'avoir couru en cercles – toute ma vie – tu pourrais – poser ta bouche sur la mienne – et les choses – elles seraient – à leur place.* À Budapest, il avait commencé un nouveau livre, avec ces poèmes tellement différents de tout ce qu'il avait fait avant, tellement plus sereins. Il l'appellerait *Wunderkind* comme il m'appelait moi, son enfant retrouvée, assise contre lui sur les marches de pierre au bord du fleuve où j'ébauchais le mien, de livre – *Liebeskoma.* Nous fusionnions comme du métal sous le soleil, et tout allait bien. Aucun de nous n'allait plus donner d'interviews. Nous avions quitté l'Astoria pour un petit appartement près de l'opéra. Tard dans la nuit, après qu'on avait échangé et lu nos travaux respectifs de la journée, Jude prenait mes pieds dans ses mains. *Je t'embrasse les pieds, Caroline N. Spacek. Tu es un grand écrivain – Moi aussi je t'embrasse les pieds.* Je m'endormais, serrant ses longues jambes entre mes bras, tendrement. Je l'aimais entièrement, de la tête aux orteils. J'aimais tous les détails et toutes les finitions. Quand je reposais à côté de lui, dans l'espace parfait, carré comme un ring, de notre chambre de la rue Ó, je sentais que j'étais arrivée à destination. J'avais oublié que Charlotte Rittenmeyer disait d'abord que *l'amour et la souffrance sont une seule et même chose.* J'avais oublié que, comme nous l'avait solennellement exposé Dieter dans son propre toast, un mariage se compose en réalité de deux choses distinctes – *die Hochzeit,* une fête de quelques heures, et *die Ehe* – toute la durée de l'union, la réalité du mariage, qui ne s'achève qu'avec la mort.

J'avais eu un frisson quand elle s'était tue. Je suivais un feuilleton complexe, et j'avais mal pour l'héroïne. J'avais mal pour Caroline quand je l'entendais remettre d'instinct tous les éléments de sa vie à leur place, *a posteriori,* à l'endroit où ils se seraient trouvés s'il s'était simplement agi d'un livre – mais ce n'était pas un livre. Pas encore. C'était d'abord sa vie, et plus on avançait dedans, plus on aurait dit un champ de mines. Le danger était partout, lové derrière chaque mot, prêt à bondir, anticipé. Je ne savais pas si c'était moi qui étais paranoïaque, ou elle qui ne pouvait pas s'empêcher de tisser son récit dans les fils de la menace, comme les peintres ont une couleur préférée. Ce qu'il y avait de terrifiant, dans sa maestria, c'était son autonomie – elle ne pouvait simplement pas dire les choses différemment. Elle ne pouvait pas les voir autrement que comme des pièces d'une mécanique qui l'avait broyée, comme seul le temps sait broyer. Elle était écrivain, elle était incapable de ne pas elle-même assembler l'hélice pour être démembrée, reconstituer le crime des années, exécuter sa captation, par réflexe. C'était plus fort qu'elle. Elle n'oubliait rien, elle recollait instinctivement tout ce qui l'avait mise en pièces. Aucune imagination ne peut soutenir la comparaison avec la vie – c'était l'artiste en elle qui s'inclinait devant l'éloquence invincible de son propre destin.

Mais je ne comprenais pas bien. J'étais trop impatient. Jour après jour, j'avais senti quelque chose se rapprocher de nous, quelque chose qui se déplaçait très doucement derrière ses mots, comme un serpent d'eau, quelque chose qui s'était passé mais qui n'était jamais très loin, qui donnait une sensation de vertige, qui était parfois le tremblement de ses doigts sur un verre, une inflexion rauque dans sa voix, quelque chose sur quoi je ne pouvais pas encore mettre un nom, mais auquel j'avais compris qu'il fallait attribuer une partie de sa violence, son isolement, ses absences, la légère distance qu'elle maintenait entre elle et moi.

Pendant que je réfléchissais, elle s'était levée du canapé. Le front appuyé contre une porte vitrée, elle regardait dehors, les bras serrés autour d'elle. Qu'est-ce qu'elle ne me disait pas ? À quoi est-ce qu'elle pouvait penser, debout, juste à quelques mètres de moi ? Je m'étais rapproché, comme si ça pouvait être une question de volume, et que j'essayais de me donner une chance supplémentaire d'entendre la voix qui bourdonnait sourdement dans sa tête, et m'échappait depuis tout ce temps. À côté d'elle, j'avais contemplé le jardin ensoleillé, les boutures de rosiers dans leurs pots alignés sur la terrasse, les pommes dans les pommiers. *Et les choses – elles seraient – à leur place,* j'avais articulé mentalement.

Mais j'avais mis encore quelques secondes avant de comprendre. Les choses – à leur place. Toutes les choses – sauf une. Alors j'avais demandé, timidement :

– Caroline, où est Jude ?

Ma question était restée un moment suspendue entre nous, comme un oiseau dans un feu de prairie, qui ne trouverait pas d'endroit où se poser. Après un temps qui m'avait paru infini, Caroline avait fini par se retourner vers moi, très lentement, les bras toujours croisés sur la poitrine, et ses yeux avaient fait baisser les miens. Avec un imperceptible signe de tête, elle s'était détournée, pour reporter son regard sur la fenêtre, sur quelque chose qui était derrière la fenêtre et qu'elle fixait depuis le début, comme pour me le désigner, et elle avait murmuré :

– Dans le jardin.

PARTIE 4

Elle m'avait collé des frissons en disant ça. Dans le jardin ? Jude était là depuis le début ? Un mois et demi que j'étais là, et j'aurais réussi à passer à côté de sa présence avec nous ? Je regardais dans la même direction qu'elle, mais vainement, parce qu'avec la meilleure volonté du monde, ça restait juste de l'herbe vide pour moi.

– Dans le jardin, et sous la mer, avait précisé Caroline dans un souffle.

De pire en pire. Dans le jardin *et* sous la mer ? Le troisième époux. L'homme invisible. Hors de mon champ de vision, mais pourtant là. Jude Amos, dans le jardin et sous la mer à la fois, quoi que ça puisse vouloir dire, et moi, debout à côté de sa femme, le cherchant des yeux de l'autre côté d'une vitre.

Caroline s'était enfin retournée pour de bon, très lentement, et c'était de face qu'elle m'avait dit :

– Il est mort, Lou.

Parce que la mort est la seule chose qui permette à une personne de se trouver simultanément à plusieurs endroits différents. Sous la mer. Dans le jardin. Enterré dans le jardin, probablement. Marchant encore dans sa tête à elle, souriant, inaltérable. Yeux perçants fermés par deux pièces d'argent. Cercueil d'érable. Caroline disparue à l'étage après avoir parlé, me laissant seul avec le défunt.

J'étouffais. J'étais allé dehors, mais une fois sur la terrasse je n'avais pas pu poser un pied sur l'herbe. Dans le jardin, mais où exactement ? Où est-ce que je pouvais marcher qui ne soit pas lui ? Silhouette fragile sous la terre, et les livres bien droits sur les étagères du monde entier. Cimetière partout sous nos pas, et l'encre bleue sur le papier.

J'étais rentré à l'intérieur téléphoner à Piet.

– Allô.

– Allô, mon cœur. Tout va bien ?

– Non. Elle dit que Jude est mort.

– C'est vrai.

– Pourquoi tu ne me l'as jamais dit ?

– Je pensais que tu savais. Je suis désolé.

– C'était quand ?

– Il y a quatre ans. Le printemps où on était à Naples, tu te souviens ? J'ai vu la nouvelle dans les journaux, mais je n'ai pas pensé que ça t'intéressait. Tu n'avais encore jamais lu de livre d'aucun d'eux.

Naples en mai. Nos premières vraies vacances ensemble. Bien sûr que je m'en souvenais. Je pouvais presque nous revoir, tous les deux, assis en plein soleil face à la baie avec nos cappuccinos, moi pétrifié par la beauté poignante de ce que je voyais, et Piet fronçant les sourcils sur son *Corriere,* parce qu'il venait d'apprendre la mort de J. Amos. La scène se reconstituait d'elle-même, et je me sentais exactement aussi stupéfait que lorsque, là-bas, j'avais regardé ces deux collines symétriques dont je n'avais su qu'après, en achetant des cartes postales, que c'était le Vésuve.

– Tu sais comment il est mort ?

Au bout du fil, Piet était resté silencieux.

– Je pense que c'est à elle de te le dire, mon chou.

– Parce que tu crois qu'elle va me le dire ?

– Bien sûr. Laisse-lui le temps. Pour toi, pour moi, c'est simplement une histoire. Mais elle – c'est de sa vie qu'il s'agit, Lou. Elle t'en a déjà dit beaucoup. Elle te dira ça aussi. Je ne peux pas la court-circuiter. Ce ne serait pas juste et ce ne serait pas bien. Ce qui est arrivé, si c'est ce que je crois, il n'y a qu'elle qui peut te le dire. Laisse-la. Laisse-lui tout le temps nécessaire.

– Mais elle dit qu'il est dans le jardin et aussi sous la mer.

– Elle le dit sans doute parce que c'est vrai, Lou.

Je l'avais entendu soupirer avec tristesse.

– Il y a toutes les chances pour que ce soit exactement ça. Mais ce n'est pas à moi de t'expliquer comment c'est possible.

– Peut-être que je devrais rentrer ?

– Non. Tu ne peux pas la laisser maintenant qu'elle t'a dit ça. Tu ne peux pas la laisser toute seule.

– Pourquoi ?

– Je ne sais pas. Peut-être parce qu'on n'abandonne pas les gens en deuil.

– D'accord. Je voudrais être avec toi.

– Moi aussi, je voudrais être avec toi. Mais tu es là où tu es parce que tu y es allé de ton plein gré, et tu dois rester avec elle.

Alors j'étais resté – à errer dans la maison, pendant des heures, sans savoir si je pouvais m'asseoir ou si c'était déplacé, bloqué en étau entre Jude mort dans le jardin et Caroline enfermée au premier. Elle ne faisait pas un bruit et je tournais en rond dans le salon comme un insecte. Malgré tout ce qu'avait pu me dire Piet, je n'étais qu'à moitié rassuré. Art Nuvoli,

Jude – deux hommes morts dans ses parages. Deux et demi, si on comptait Elvis et son cerveau démoli. Est-ce que c'était elle qui faisait ça, est-ce qu'elle portait la poisse, la poisse en contrepartie du talent ? Et si Jude était bien mort, qu'est-ce qu'il faisait dans le jardin ? Est-ce que c'était légal d'enterrer son mari sous les arbres fruitiers ? Depuis que j'étais là, combien de tartelettes aux fruits est-ce que j'avais mangé ?

J'étais allé vomir mon déjeuner dans l'évier de la cuisine. Tout ça était un peu trop pour moi. Je ne connaissais rien à la mort. J'avais presque peur qu'elle redescende, parce que je ne saurais pas quoi lui dire. Si Piet mourait, qu'est-ce que je ferais ? Je crois que je commencerais par ne *pas* l'enterrer dans le jardin. J'avais pensé à l'appartement d'Amsterdam, au quatrième étage dans le centre, et ça m'avait réconforté un petit peu, honteusement. Je m'étais assis sur le canapé du salon pour attendre le retour de Caroline.

Il faisait nuit noire quand elle avait réapparu. Le bois de l'escalier avait grincé sous ses pas et je m'étais réveillé en sursaut pour la voir debout devant moi, pieds nus, spectrale. Et la phrase était sortie toute seule de mon demi-sommeil, égoïstement, en dépit de tout :

– Qu'est-ce qui est arrivé à Jude ?

Elle avait vacillé, légèrement, mais elle s'était reprise.

– Je te l'ai déjà dit. Il est mort.

– Mais comment – comment est-ce qu'il est mort ?

Caroline s'était laissée tomber dans un fauteuil devant moi, et quand elle avait ouvert la bouche, j'avais pensé encore à ce qu'avait dit Piet : *C'est de sa vie qu'il s'agit*. J'oubliais tout le temps. Je me détestais d'être tellement effrayé et curieux. Mais j'étais ici parce que j'étais un lecteur et qu'elle était un auteur – je ne pouvais pas m'empêcher d'attendre d'elle une réponse. Et c'était Caroline N. Spacek – quelqu'un qui savait parfaitement se taire quand elle le décidait. Elle était plus grande et plus intelligente que moi. Elle aurait pu me battre à mort si elle avait voulu, sans effort, sur tous les plans. Elle aurait pu m'ignorer, simplement. Mais elle avait choisi de parler.

– Accident d'avion. Il y avait quoi, une chance sur dix millions que ça arrive ? Parfois ça me semble encore incroyable, lui qui a été toujours cette personne tellement citadine, à l'aise seulement dans les capitales, les bars d'hôtel, fumeur, occidental, caucasien, ashkénaze, avec des chaussures sur mesure, en cuir italien, et finir au fond du golfe du Mexique dévoré par les requins – tu vois ce que je veux dire ? Il y a quelque chose là-dedans qui ne va pas bien.

Elle. C'est elle, j'avais pensé dans ma tête. *C'est elle qui ne va pas bien.*

Les choses ont changé à partir du moment où j'ai compris que nous étions trois sur sa propriété. C'était comme si nous avions atteint notre destination après avoir parcouru une longue, longue route. Caroline m'avait parlé tous les jours depuis près de deux mois en faisant barrage avec sa voix entre le cercueil de Jude et moi. Après qu'elle m'avait dit la vérité, ce jour-là, son discours s'est fracassé – j'avais passé une porte qu'elle avait toujours tenue fermée, et j'étais maintenant debout avec elle dans les morceaux épars de sa vie. Je pensais à cet ordre et cette paix dans ses phrases, dans son travail, dans son bureau, le papier rose pâle qu'elle préfère, les feuilles parfaitement alignées, la machine à écrire huilée, brillante comme un lac au soleil, la boîte de feutres, la boîte d'agrafes, les carnets de timbres, et ce tumulte dans sa vie. Caroline disait : *Je suis venue vivre ici parce que je voulais continuer à travailler comme lui et moi l'avions toujours fait. C'était à ça et à ça seulement qu'il importait d'être loyale. Ce n'était pas parce que l'homme que j'aimais était mort que j'allais accepter de devenir un monument de larmes. Ça n'avait rien à voir. Écrire* Stardom, *à nouveau seule, dans un bureau vide, l'écrire alors qu'il n'était plus là pour le lire, alors que je n'arrivais plus à parler, quand je suis arrivée ici, je devais noter ma commande au pub sur des petits papiers – tenir bon et écrire ce livre sans sortir de notre ligne de conduite, sans mettre ma tête dans le four, en faire un livre et pas une élégie publique, fabriquer de la littérature à un moment où j'étais tellement choquée que je devais m'y reprendre à trois fois avant de réussir à beurrer un scone correctement – j'ai cru que c'était la chose la plus difficile que je ferais jamais. – C'était le cas ? – Bien sûr que non. La chose la plus difficile,* elle disait en baissant les yeux, *ça a été d'enterrer un cercueil vide, parce que le corps n'a jamais été repêché.* Nous étions entrés dans les derniers jours, même si je ne le savais pas encore, et j'en garde un souvenir saccadé. Des instantanés, comme des flashs. Caroline escaladant le toit de la galerie pour faire les vitres, tôt le matin, regardant de là-haut la campagne vide autour de sa maison, criant dans ma direction : *J'ai appris ça en vieillissant, Lou – que j'aimais les paysages et qu'il n'y a pas de douleurs* insupportables, *simplement des moyens de plus en plus terribles et épuisants d'y faire face.* J'entendais la voix de Caroline, mais j'étais devenu incapable de me situer dans le temps. Les jours se suivaient et je la voyais surgir irrégulièrement au milieu de ma stupeur, stupéfaite elle aussi, parlant sans cohérence, par à-coups. Quand j'ai composé ces pages qui sont les dernières, je savais que ce serait déloyal de tenter de donner un vernis, une apparence d'ordre à ces journées agitées. Je ne suis qu'un témoin hébété, mais je dois être fidèle à ce que j'ai vu.

Son austérité vitale. Ses cheveux cuivrés au soleil couchant. *Je ne pouvais pas croire d'avoir attendu vingt-sept ans avant que quelqu'un ne me devienne indispensable.*

« En m'épousant, Jude avait aussi épousé mon mode de vie. Il disait que m'enfuir était mon hobby et qu'on ne pouvait rien faire contre ça à part me suivre. Il pensait que s'il ne m'avait pas quittée, autrefois, je serais partie de moi-même très peu de temps après. *Tu aurais fini par me laisser tomber pour retourner te rouler dans l'herbe avec tes copains de la fête foraine*. Il en était persuadé. *Alors comment tu expliques que j'aie écrit des livres quand tu es parti ?* je lui demandais pour comprendre, mais il secouait la tête. *Je ne sais pas. Et toi non plus tu ne sais pas, au fond. C'est simplement arrivé. Je ne pouvais pas deviner. Et tu n'as pas fait qu'écrire des livres, après tout. Tu as aussi passé un temps conséquent à partir. Je t'ai regardée faire, Caroline. Partir, de partout, a été ton passe-temps pendant ces longues années. – Parce qu'Art était mort. – Tu étais partie avant qu'il ne meure. Ne réécris pas le passé. Tu as déserté tes mariages et couru de territoire en territoire. Et tu n'as pas fait ça seulement parce que tu étais devenue un écrivain. – Et toi ? Toi, qu'est-ce que tu faisais pendant ce temps-là ? Qui tu as aimé, quand je n'étais pas là ? Et qui est-ce que tu aimais avant ?* Quand je lui ai posé la question, il n'a même pas levé les yeux de son journal pour répondre. *Personne,* il m'a dit. *C'est toi que j'ai aimée, dans ma vie. Je t'ai attendue toute ma vie.* Et quand au bout d'un long moment il a senti que j'étais toujours là, à attendre qu'il s'explique, puisque ça ne pouvait évidemment pas être l'exacte vérité, il a ajouté, gravement : *C'était long, Caroline. C'est tout ce que je peux te dire.* Nous avions touché la terre ferme, ensemble. Quand je le regardais, je pensais au jeune homme qui m'avait kidnappée, il y avait si longtemps, et à l'amour qui était comme un petit animal, féroce, exigeant, plein de promesses, à apprivoiser. *Tu as pris le risque de me perdre,* je lui avais rappelé un soir. *Mais je t'ai retrouvée, et tu es saine et sauve, Caroline,* il avait riposté, gravement. *Tu es saine et sauve et grande et belle et tu es ma femme. Tu peux dire tout ce que tu veux. Tu peux dire que je nous ai fait perdre du temps. Mais qui sait si tu aurais pu être ma femme comme tu l'es maintenant si je t'avais gardée à dix-huit ans. Tu crois que tu m'as survécu, mais moi aussi, je t'ai survécu, tu sais. Tes livres sont remplis de choses que tu ne m'as jamais racontées. Comment tu penses que je me suis senti, toutes ces années ? Quand tu m'envoyais tes livres comme des flèches pour me punir d'avoir été jeune et ignorant, d'avoir été incapable de tout savoir de toi quand tu ne me disais rien ? Est-ce que tu aurais fait beaucoup mieux à ma place ? Et quelle importance ça a maintenant ? Je te préfère à tout.* Alors je le prenais dans mes bras, le corps de mon mari, le corps de cet homme que j'aimais après l'avoir admiré et craint et perdu et blessé et retrouvé. Son odeur, la forme de ses genoux, les mouvements qu'il faisait pour allumer ses cigarettes. Au lit, je lui demandais : *Qu'est-ce que tu veux, mon amour ?* La texture de sa queue dans ma bouche. Du velours. Mais deux mains d'acier pour m'attraper un jour par les épaules et me dire : *Je veux que tu puisses porter le cercueil pour moi.* Quand j'ai dû plier ses manteaux, ses petites affaires, les choses qu'il avait laissées derrière, ses chaussures qui ne feraient plus un pas, les mettre dans des boîtes, je me suis souvenue de ça. *Je veux que tu puisses porter le cercueil pour moi.* Et, mon Dieu, je l'ai porté. Comme il n'y avait rien à mettre dedans, j'ai pris tout mon temps, je l'ai fait faire seulement quand j'ai été ici, quand j'ai trouvé la maison, je suis allée voir le menuisier et j'ai demandé qu'il me fasse ce cercueil, et puis je l'ai fait livrer et je l'ai tiré avec une corde jusqu'à l'endroit du jardin où je voulais l'enterrer, et j'ai creusé. J'ai creusé toute une journée. Je m'arrêtais pour boire entre deux coups de pelle, j'avais tellement d'ampoules sur les mains que même tenir mon verre était compliqué, mais j'ai creusé ce foutu trou et je l'ai poussé avec mes pieds, un cercueil vide, un cercueil léger, tout ce que j'avais aimé.

Les matins, pendant que Caroline écrivait, j'étais livré à moi-même dans sa maison vide. Après le petit déjeuner, elle remontait s'enfermer et je déambulais de pièce en pièce, les yeux grands ouverts. J'étudiais ce qu'elle avait accroché aux murs – paysages de campagne humide, cartes postales de fontaines italiennes, reproductions de Bacon, Hopper, De Staël, un portrait de Carson McCullers en train de boire, main baguée et veineuse, un autre de Capote jeune, assis en tee-shirt sur un banc ombragé de larges feuilles, Hemingway en short sur un ponton exhibant un poisson colossal, l'air parfaitement abruti, mais jovial, une petite madone de Botticelli, le dessin blanc sur Canson noir d'un Indien portant plumes et tomahawk, luxueusement encadré, ses trois photos de mariages, qui ne cessaient de me fasciner depuis que je les avais identifiées – celle d'Amos, dont j'ai déjà parlé, mais aussi le petit Polaroïd sur lequel on voyait Art l'embrasser, souriant, les cheveux pleins de confettis, les yeux fermés, et le cliché net, émouvant, qui m'avait échappé si longtemps, où elle était assise avec Jude, épaule contre épaule, devant un café à la façade couverte de lierre, insondables tous les deux. Trois fois quatre instantanés d'elle, pris dans les Photoautomat berlinois, sur lesquels elle faisait systématiquement un bras d'honneur. Le visage obsédant, découpé en forme de cœur avec des ciseaux, de Vanessa Trocadéro à seize ans. Celui, flou, d'un bébé qui deviendrait Jude Amos, et mourrait. Un portrait de famille des Lang au complet devant la caravane, sur leur trente-et-un, avec Perdita en robe à smocks qui fait un v avec ses doigts – *pour* victoire. *La caravane est neuve, je te signale, au cas où t'aurais pas vu, ignare,* commentait Caroline. Art, avec une grande rousse topless – *c'est Meredith !* – et elle, à la plage. Elle toute seule, sur le premier portrait officiel, comme stupéfaite, incertaine, regardant Art au loin, sous le choc. Un portrait en pied, bottes profondément enfoncées dans la neige, ses cheveux teints en brun s'échappant d'une chapka, bras dessus, bras dessous avec Dieter. Deux faire-part de naissance, bleus – *les petits de Marius,* elle m'avait dit sans ciller. Sur les rayonnages de sa bibliothèque, Hardy, Dickinson, Dante, Kertész, Bernhard, Lewisohn, Tolstoï, Lawrence, Racine, Fitzgerald, Nabokov, Kafka, Schwartz. *L'Iliade* et *L'Odyssée. How to be a mentsch and not a schmuck. Portrait de Picasso en jeune homme. King James Bible. La Véritable Histoire de Moby Dick. Toute l'œuvre peinte de Manet. La Stratégie du choc. La Tempête. La Part maudite. Les Règles de l'art. L'Amour de la vie. Uncanny spectacle: The young John Singer Sargent. Mari et femme. Outsiders. Feuilles d'herbe. Eichmann à Jérusalem. Ce que je suis en réalité demeure inconnu.* Dans le vaisselier, des petites cuillères en argent, des coupes de cristal, des verres à pied carrés, des verres tulipe, des gobelets en plastique, des tasses à café victoriennes, des assiettes en métal, des soucoupes en carton, un samovar en porcelaine, sa cafetière Bialetti bleu cobalt. Elle avait un truc qui sert à découper les ananas, un autocuiseur, un blender, une machine à coudre, une scie à viande – *C'est la base. Je crois aux machines et à la vie domestique. Bien sûr que oui.* Des bocaux pleins d'épices et une caisse à outils. Je regardais avec attention ses objets, disséminés partout, memorabilia fragmentée – un colisée miniature, un petit vase blanc en forme de rhinocéros, une statue de la Liberté dorée, un merle empaillé, une boîte rouge, vitrée sur deux côtés, dans laquelle trois figurines à têtes de mort disputaient une partie de billard, un bocal rempli de cadavres de scarabées bleu vert, un autre de coquillages, un de perles, une tour Eiffel, un couple de poupées tahitiennes en porcelaine, deux poissons télescopes dans un aquarium, une broderie multicolore sur laquelle on lisait *go fuck yourself* au point de croix, un coucou suisse, un canif, un cendrier Martini, cinq paires d'escarpins vernis, identiques, bleu nuit, alignées au garde-à-vous comme des canons.

– Tu regardes mes belles choses, Caroline m'avait soufflé gaiement dans le cou un jour où elle m'avait trouvé là. Tu vois ce dessin au-dessus de la cheminée, celui avec le manitou ? C'est la petite fille du pub de North Tawton qui me l'a donné, Cassidy. Elle faisait ce truc dans son coin pendant que j'y étais un jour à jouer aux fléchettes avec les piliers de bar tatoués, c'était pas très longtemps après la mort de Jude, je venais d'arriver en Angleterre, je ne pouvais pas vraiment encore rester toute seule, j'étais là-bas, et la petite Cassidy, six ans et demi, est venue vers moi pour me donner son dessin, et quand je l'ai remerciée, elle m'a regardée de haut en bas, en suçant son pouce, comme si elle réfléchissait profondément, et finalement elle a dit : *Oui. C'est bien. Parce que tu es une petite fille toi aussi.* J'ai fait encadrer le manitou dans la journée, et maintenant, quand je le regarde, ça me rappelle de ne pas me raconter d'histoires. Bien sûr – bien sûr que je suis un enfant. Dans ce monde où les adultes se comportent avec une ineptie qui ferait mourir de honte un nouveau-né, je préfère admettre d'emblée que je suis un enfant – un enfant qui gagne sa vie et fume deux paquets par jour. Je suis un enfant parce que c'est le seul mot que je trouve pour dire combien c'est bon d'aimer les choses les plus infimes, et d'en tirer du plaisir sans honte, mais aussi d'être soucieuse, comme les enfants seulement le sont, soucieuse, orageuse, légère. Et alors ma maison est comme une cabane dans les arbres. J'ai des réserves de bonbons cachés un peu partout, la luge pour glisser dans le jardin l'hiver, et je nourris les corbeaux à coups de cookies – et malgré tout ça, je bats un certain nombre d'adultes à plate couture, jusqu'à nouvel ordre. C'est vrai, j'ai aimé être une épouse, parfois, souvent, j'aime coucher avec des hommes, j'ai aimé coucher avec des femmes aussi, j'aime conduire ma voiture, boire de l'alcool – mais j'aime toutes ces choses exactement comme un enfant peut en rêver. Je suis arrivée dans le monde adulte trop tôt pour jamais réellement réussir à rétablir l'équilibre qui aurait fait de moi un adulte normal – ce qu'ils appellent normal. Mais si je ne suis pas équilibrée, je suis toutes sortes de choses tout aussi valables. Je veux avoir toujours le droit de mettre trop de sirop sur mes crêpes et des poissons rouges dans ma baignoire. Je ne vois pas bien pourquoi je me priverais de ça. Tu sais, c'est la différence radicale qu'il y a entre les individus qui grandissent et ceux qui se contentent de vieillir. Quand j'étais une enfant, ce n'était pas possible d'être une enfant parce que j'étais toujours confrontée à des problèmes d'adultes, des questions de survie élémentaire – après, j'ai été une jeune fille et j'étais dans ce café où je devais prendre soin des hommes et des femmes abîmés qui venaient s'y abreuver comme des animaux au bord d'un lac et après, j'étais secrétaire, j'avais ce poste à responsabilités, je beurrais les toasts d'un génie et j'avais pas vraiment l'occasion de penser à si j'aimerais aller en boîte ou quoi – alors j'ai remonté le temps toute ma vie. J'ai raté le train, mais je l'ai rattrapé à la course. J'ai appris beaucoup de choses sur la route, y compris le fait que tant que je ne fais de mal à personne, je ne vais pas transiger sur mon bonheur. On ne me fera pas avaler que c'est mieux d'être sérieux en apparence et inapte à l'intérieur. J'enterre mes morts. Je n'honore pas mes ancêtres parce que mes ancêtres étaient des imbéciles et des fous. Je balaie devant ma porte. L'hiver, je déblaye ma neige moi-même. Je refuse de coopérer. Je n'ai pas signé pour ça. J'ai signé onze contrats d'édition, et trois de mariage. Je n'ai jamais signé dans un cirque. Que ce soit dit une fois. Que ce soit bien clair. Je trouve mon travail suffisamment violent à accomplir pour ne pas désirer la même qualité de violence dans ma vie personnelle. Je ne suis pas quelqu'un de compliqué. Je n'attends rien de la vie sinon qu'elle soit vivable – et qu'elle le reste. Je trouve que j'ai fait mes preuves, en termes de maturité, de responsabilité face au monde, pour ne pas avoir à me forcer à vivre selon ce que le monde adulte a de plus contraignant. C'est ma maison, après tout, et c'est ma vie et je la vis seule maintenant. J'ai gardé quelques-unes des choses de Jude, et parfois je voudrais qu'il soit encore vivant ne serait-ce que parce que lui, il aurait su comment faire pour acheter des objets *respectables* – des Steinway ou des jacuzzis – mais ce n'est pas possible, et *j'accepte* le fait que ce ne soit pas possible, mais en contrepartie, j'exige le droit de faire les choses selon ma volonté exclusive. Et il se trouve que je préfère quand les choses sont dépareillées, parce que c'est ce que je suis moi aussi, dépareillée. Je suis beaucoup, beaucoup trop jeune pour être tellement veuve.

Sur la photographie avec Jude, à travers le lierre, on distinguait laborieusement, comme un titre, l'enseigne du café – *MISFIT. Ils prétendent que ça veut dire* désaxés, m'avait dit Caroline un jour en passant, *mais moi je sais que ça veut dire* heureux.

« Jude m'appelait *mon épouse, ma terrible épouse,* et je n'avais pas encore trente ans. J'écrivais *Liebeskoma,* en pyjama, debout toute la nuit, ma machine posée sur le manteau de la cheminée de l'appartement où nous nous étions réfugiés à notre retour à Paris, j'écrivais debout comme quelqu'un sur le qui-vive parce que Jude n'allait pas bien et que je ne savais pas quoi faire. Il disparaissait des semaines entières, il sortait acheter des cigarettes et il ne revenait pas de la journée. Quand il finissait par rentrer à la maison, camé jusqu'aux yeux, je l'emmenais dans la cuisine pour lui faire des œufs brouillés et du café, pendant qu'il alignait méthodiquement sur la table devant moi les feuilles de papier portant ses nouveaux poèmes. Au cœur de la nuit, dans cet appartement où nous ne parviendrions jamais à nous sentir autrement que déplacés et malheureux, il me faisait la lecture et je l'écoutais, attentive à chaque mot comme je l'avais été dix ans plus tôt. Cette personne qu'il était, ce travailleur inflexible aux phrases rayonnantes, c'était cet homme-là que j'avais épousé, et c'était parce qu'il était cet écrivain de premier ordre que je pouvais presque tout pardonner à cette autre personne qu'il était aussi, ce fugueur furieux, caractériel et infidèle, que j'aimais, avec déraison – avec déraison parce que c'est la seule façon. Je le revois, buté, doutant de moi, avec ses yeux de marbre, enfoncés, m'appelant *shiksa* quand on se disputait. On se hurlait dessus. Jude me lançait des presse-papiers. Il me lançait des fourchettes. Il m'a lancé un steak cru, un jour. Il a mangé son exemplaire du contrat de mariage, une autre fois, morceau par morceau, en buvant du thé pour le faire passer. Je l'ai laissé digérer, et puis je suis sortie et j'ai roulé sur mon alliance avec la voiture. Il a disparu un mois entier. Quand il est revenu, il m'a simplement dit : *J'ai fait un choix, Caroline. Je savais que les choses ne seraient pas faciles, mais je t'ai épousée. C'est ce que j'ai fait de mieux. Je pourrais t'épouser tous les jours, si ça pouvait te calmer. Mais rien ne peut te calmer.* Rien ne semblait non plus pouvoir l'empêcher d'être tout le temps défoncé, ni de partir. Il remplissait une valise pendant que je dormais, il repartait, je ne savais jamais où il était. Des femmes téléphonaient à la maison et quand je leur disais que j'étais sa femme, elles raccrochaient. Je faisais une pile avec les poèmes de Jude, ces poèmes puissants, décisifs, qu'il décidait d'écrire le plus loin possible de moi, et je me remettais au travail, seule dans notre appartement invivable. Jude m'avait dit : *Si tu essayes de divorcer de moi, Caroline Spacek, je te ferai un procès pour faute – un procès tellement monumental que tu perdras tout ce que tu as, tes objets préférés, ton sommeil, ton écriture, ta maison, tes cheveux, ta paix intérieure – tu seras forcée – de chroniquer mes livres – pour survivre.* Il disait ça très calmement, détachant distinctement les termes du contrat. Quand je lui avais demandé, par pure curiosité, quelle faute il comptait invoquer si on devait en arriver là, il m'avait fixée longuement, comme si le sens même de la question lui échappait. *Pour m'avoir abandonné,* il avait fini par articuler douloureusement – et c'était touchant en même temps qu'effrayant de sentir qu'il y avait une partie de lui qui était scandalisée de devoir m'expliquer ça. Mais ça n'avait pas été assez pour me retenir. Au bout d'un moment, cette année-là, j'étais partie vivre à l'hôtel. J'en avais assez d'être là à l'attendre, d'être ce mur contre lequel il revenait prendre son élan de temps en temps. J'avais pris une chambre et j'avais fait mon nid, une fois de plus. À ce moment-là, *Mange* est sorti, et un matin je suis descendue pieds nus chercher mon courrier à la réception, et le petit hall était rempli de journalistes. Je ne sais pas comment ils avaient su où j'étais, mais ils m'avaient trouvée, ils m'avaient débusquée, comme des animaux en pistent d'autres, attirés par l'odeur du sang sur les pierres, les traces de pattes dans la terre, les débris de fourrure. Je me suis retrouvée au milieu de cette horde, toute seule, sans chaussures, et ils se sont jetés sur moi, ils m'ont encerclée avec leurs voix. C'est là que j'ai vu Jude arriver. Un employé de la réception lui a demandé s'il cherchait quelqu'un. *Ma femme,* il a répondu en me regardant dans les yeux. *Je suis venu chercher ma femme.* Dans le taxi, il m'a prise sur ses genoux pour me bercer. *Je ne serai jamais ton ex-mari, Caroline. Les deux autres, oui. Moi jamais. Je t'ai épousée pour toujours.* J'étais à bout de forces, mais encore fâchée. – *Quand je t'ai épousé, j'aurais mieux fait de me casser un bras ! – Tu ne peux pas tout régler en te cassant des bras, ma chérie.* Il y avait ces territoires de phrases entre nous où nous pouvions nous rejoindre, à condition qu'on parvienne à les traverser indemnes. C'est davantage que ce que la plupart des gens obtiennent dans une vie. Alors je n'ai pas de remords, pour tout le temps perdu à se disputer. Ça en valait la peine. Peut-être qu'il est mort, même si je ne peux pas y croire, peut-être que c'est vrai mais peut-être aussi que c'était écrit – et je suis un écrivain et je respecte ce qui est écrit, même quand ça me brise le cœur. Je suis reconnaissante de ce que j'ai eu. Personne ne peut me l'enlever et je sais ce que ça valait. Quand j'ai fini *Liebeskoma* et qu'il l'a lu sur épreuves, j'ai vu qu'il avait entouré un paragraphe au feutre. *J'aurais aimé que tu me prennes sur ta hanche, dans un demi-sommeil, comme un jeune animal suçant le lobe d'une de tes oreilles, une fille impudique, une petite ourse kodiak – je t'aurais aimé, les jambes serrées autour de ta taille, tu m'aurais emmenée partout avec toi, j'aurais vraiment été ton enfant alors, non ? J'aurais été ton bien le plus cher, cette charge sur ton cœur. Regarde : j'aurais eu le dos rond, et toi, mes cheveux dans ta bouche, tu avancerais, une mèche entre les dents, comme un braconnier ou mon meilleur ami.* À côté, il avait noté : *oui.* J'ai dessiné un point d'interrogation, et après qu'il soit venu et reparti, j'ai lu sur la page, fraîchement écrit : *C'est ça. C'est ça que je voudrais moi aussi.* J'ai répondu à tout hasard dans la marge, *mais je suis trop vieille pour être ton enfant maintenant* – et quand je suis rentrée à la maison l'après-midi après être sortie faire une course, il était là, il m'attendait dans le salon, revenu pour de bon pour la première fois depuis des mois, la petite valise vide posée à ses pieds, et il m'a dit : *Tu es toujours mon enfant. Tu es ma toute petite. Tu es mon grand amour, Caroline.*

J'avais été réveillé par le bruit de la pluie sur le toit de la galerie, une nuit. J'avais mis un short et j'étais sorti fumer une cigarette en respirant la grande nuit verte, la nuit anglaise. L'écho me renvoyait des rumeurs de bétail, au loin, pendant que je me balançais doucement du pied sur un fauteuil bancal. L'air était doux et frais et je me sentais bien. Avec le temps, j'avais pris mes habitudes ici, je savais quelles planches grinçaient, je pouvais trouver mon chemin à tâtons partout dans la maison, sans renverser une seule goutte de mon verre d'eau. Je savais comment allumer le poêle du salon et où se trouvait la paire de bottes en caoutchouc à ma taille si je voulais aller me promener dans la campagne. J'avais aussi appris à me servir de la machine à laver, et j'aimais bien m'occuper de la lessive, les matins, pendant que Caroline écrivait. Je m'asseyais sur une chaise à côté d'elle et je relisais ses livres, très doucement, comme pour patienter en attendant qu'elle finisse le dernier, parce qu'avec le temps je devenais plus douloureusement conscient du fait que leur nombre était limité, qu'il y en avait onze et pas un de plus, pour le moment, et que je devais me contenter d'espérer que le dernier soit bientôt achevé pour pouvoir me jeter dessus. Alors c'était aussi pour participer à accélérer le processus que je faisais la lessive – j'essayais de la décharger des corvées pour augmenter ses chances de travailler. Je n'en pouvais plus d'attendre. Caroline écrivait à l'étage, enfermée à double tour, et moi, bercé par le ronronnement du tambour, je lisais et je relisais son œuvre entière comme j'aurais émietté des biscuits de survie si j'avais été naufragé sur une île déserte. Je réfléchissais. Mais j'avais beau lire certaines de ses lignes vingt fois de suite, elles n'arrêtaient pas d'être *privées,* on se sentait presque voyeur de déchiffrer – *Dans tes bras – c'était comme si à chaque fois tu me portais – longuement – jusqu'au cimetière - un peu plus près – m'approcher de la tombe – que tu pliais mes jambes – avec délicatesse – pour enlever la neige de l'épitaphe avec ma propre main – et pouvoir lire – demeure en paix.* Parfois je ne pouvais plus lire. Souvent je n'étais pas sûr qu'elle demeure en paix. Où se trouvait la limite entre ses personnages et elle ? Est-ce que c'était plus épais qu'une feuille de papier ? Il y avait sa vie à elle, le peu qu'on en savait, et puis les livres – éparpillés à sa suite, comme des traces de pas dans la neige, signant une piste. Quand elle écrivait, *ceux que j'aimais ont été décimés, mais j'en aime d'autres maintenant,* est-ce qu'elle parlait d'Art, ou de Jude ? Ou est-ce que c'était *quelque chose* qui parlait en elle, quelque chose qui était elle plus qu'elle-même ne l'était, quelque chose qui savait mieux ? Je comprenais, mais pas tout. Je restais assis dehors sous le ciel étoilé, à me réciter un de ses poèmes à l'infini, en espérant finir par en percer le sens.

Et soudain sa voix, déchirant la nuit, reconnaissable entre toutes.

– Foutez-moi le camp d'ici, bande de salopards !

J'avais bondi de la terrasse et couru en direction des cris. Caroline – Caroline braquait une carabine en direction de la grille du jardin. Elle portait le kimono blanc à fleurs rouges qui était mon préféré et je la voyais bien, sous la lune presque pleine, mais je ne voyais pas ceux qu'elle essayait de viser. Elle continuait à crier, parfaitement stable, le doigt sur la gâchette, l'arme au creux de l'épaule. Je n'avais jamais vu cette carabine avant – je n'avais en fait jamais vu de carabine ailleurs qu'à la fête foraine, et ça me suffisait pour savoir que celle-ci était quelques modèles au-dessus – et je me demandais si ma lutte contre ma propre ignorance aurait une fin ou si j'allais passer ma vie à découvrir chaque seconde une nouvelle chose dont je ne savais rien. Est-ce qu'elle avait un permis pour cette arme ? Est-ce qu'il en fallait un ? Est-ce que je devais me jeter sur elle et la lui arracher des mains ? Est-ce que je risquais quelque chose si je ne le faisais pas ? Est-ce que c'était bien de ne rien risquer ? Qu'est-ce qui était bien ? Qu'est-ce qui était mieux ?

– Je ne sais pas ce qui me retient, avait fini par me dire Caroline en désarmant. J'entendais mon cœur comme s'il n'était pas le mien, mais celui de mes oreilles elles-mêmes. Quand je m'étais repris, j'avais réussi à demander :

– Qu'est-ce qui s'est passé ?

– Deux journalistes. Ces fils de putes ont réussi à entrer dans le jardin et ils étaient en train de tripoter la poignée de la fenêtre de la cuisine quand je les ai vus de l'intérieur. Je les ai coursés jusqu'à la grille. Je crois que le plus petit s'est pissé dessus quand il a escaladé pour sortir. Ça lui fera un souvenir.

– Mais qu'est-ce qu'ils faisaient là ?

Elle m'avait regardé si durement que mes yeux s'étaient fermés sous le choc.

– Qu'est-ce que tu crois, Lou, à la fin ? Ce sont des *journalistes* – ils viennent fouiller dans mes affaires. Il y en a tous les mois. Ils viennent pour Jude ou pour moi, ils viennent remuer la terre du jardin, sentir l'atmosphère, ramasser des bouts de papier dans mes poubelles. C'est toujours pareil. Des journalistes ou des étudiants cinglés persuadés que ce que nous avons écrit les concerne personnellement. Ils veulent me *voir* – ils veulent voir en face la veuve de Jude Amos, pour dire ensuite quelle tristesse ils ont pu lire dans mes yeux, ils veulent savoir comment je vis, parce qu'ils ne peuvent pas imaginer que je puisse vivre encore après ce qui m'est arrivé. C'est la vérité. Je suis un objet de fascination pour tous les imbéciles qui n'ont pas compris que pour ce qui est de l'impitoyabilité, la vie ne laisse *jamais* à désirer.

Après avoir dit ça, elle s'était laissée tomber par terre, sur l'herbe froide et mouillée du jardin, les jambes repliées sous elle, tenant toujours sa carabine d'une main, comme une garantie nécessaire. Je m'étais accroupi pour m'asseoir à côté d'elle et j'avais enfin osé relever les yeux pour contempler son visage grave, d'un blanc polaire sous la lune – jamais encore elle ne m'avait paru aussi fragile, et petite, recroquevillée comme une fugitive sur son propre domaine où dans la journée je l'avais aidée à planter des tulipes, invincibles tous les deux sous un grand soleil. Elle m'avait déjà parlé des intrus, de ces gens qui tentaient régulièrement de pénétrer dans sa propriété par effraction, mais je ne l'avais crue qu'à moitié, parce que je l'aimais tellement que je ne pouvais pas imaginer que quelqu'un ose faire ça, venir violer le lieu de sa vie paisible et désordonnée. Je contemplais fixement la carabine. Mais je me rappelais aussi lui avoir dit, dans cette discussion ou une autre, qu'elle était solide, et comment elle avait secoué la tête, contrariée. *Tu ne comprends pas. Je suis solide parce que je ne sais pas faire autrement. Ce n'est pas une bonne chose.* Je ne demandais qu'à la croire – mais je n'avais tout de même pas vu ses voleurs. Dans le jardin, quand elle s'était remise à parler, un nuage passait devant la lune et je ne la distinguais presque plus dans l'obscurité, j'entendais seulement sa voix, convoyant cette rhétorique de haute précision qui était sa marque de fabrique, cette éloquence plus forte qu'elle, sûre, rassurante, meurtrière et incontrôlable. Il y avait quelque chose en elle qui était trop intelligent pour ne pas être dévasté par la réalité du monde ambiant. Elle était trop bonne pour ce monde. Elle n'avait aucune chance d'y survivre. Ses livres, ces artefacts extraordinaires qu'elle avait manufacturés seule, sans l'aide de personne, avec un soin exemplaire, impliquaient l'indignité de sa présence ici, à genoux dans son jardin, armée pour se défendre contre des paparazzis assoiffés de larmes, des chiens. Et sa voix s'était élevée comme un chant.

– Peut-être qu'ils croient que c'est la justice, que c'est le prix que j'ai à payer pour avoir écrit des livres, de perdre mon amour dans des circonstances aussi spectaculaires, peut-être qu'ils pensent que ce sont mes propres mots qui me frappent. Ils ne savent rien. La justice, ça commencera quand j'en toucherai un. Ils ne croient même pas vraiment à la littérature, mais ils croient à la malédiction de la littérature et au scandale. Je crois aux armes à feu. Ils ne comprennent pas que j'ai survécu simplement parce que, comme eux, je suis un animal. Ils pensent que les choses sont bien équilibrées maintenant que Jude s'est noyé dans l'océan Atlantique. Le succès contrebalancé par l'eau salée. Parce que nous les avons snobés. L'hubris. Ça tombe sous le sens pour eux. Ils en font des titres. Le royaume des mots. Le royaume des morts. Mais ce n'est pas la justice. Moi je sais que ce n'est pas la justice. C'est simplement le malheur.

Deux jours plus tard, quand je suis descendu dans la cuisine, Caroline était déjà là. En la voyant, je m'étais rappelé le premier matin où je l'avais trouvée là, le matin où elle avait fait des pancakes. J'avais souri en me rappelant ma propre tension, sept semaines plus tôt. Comme tout avait changé. Comme elle me semblait proche à présent.

Je m'étais joyeusement laissé tomber sur un tabouret en face d'elle, pour me servir du thé dans mon mug préféré.

– Lou, elle avait dit.

Et alors j'avais relevé les yeux et je l'avais vue pour de bon – pâle, la cigarette à la bouche, les cheveux détachés. Tellement nerveuse que je pouvais entendre le son de ses ongles sur la porcelaine de sa tasse. Quelque chose était en train de se passer.

– Lou, elle avait répété comme pour me rappeler à l'ordre – que je cesse de la regarder et que je l'écoute.

– Oui, j'avais dit, et en le disant je savais que je plongeais la tête la première dans quelque chose de terrible. Caroline avait pris sa respiration, et puis elle avait chuchoté, d'une traite.

– Quand ils m'ont téléphoné, j'étais à mon bureau. Je suis allée décrocher, il y a eu cette voix officielle au bout du fil, et je n'ai rien compris. C'était impossible de comprendre ce qu'on était en train de me dire – que l'avion sur lequel voyageait mon mari avait eu un accident encore inexpliqué, et que l'appareil était vraisemblablement tombé dans la mer, mais introuvable pour le moment. Qu'on m'en dirait plus au plus vite. Je me suis assise par terre et j'ai reçu des coups de fil toute la journée, jusqu'au dernier qui me présentait des condoléances pour le drame et me demandait de venir à Paris au plus vite pour prendre contact avec la compagnie d'aviation. On vivait à Barcelone à ce moment-là, mais Jude avait fait escale en France pour passer voir l'éditeur, et c'était de là qu'il était parti pour Santa Fe.

– Pourquoi Santa Fe ?

– Il allait faire une lecture de *Liebeskoma.*

– Mais je croyais que c'était un livre de vous ?

– C'est un livre de moi.

Elle m'avait regardé à ce moment-là, et j'avais senti que j'avais touché quelque chose même si je ne savais pas exactement quoi. Elle, elle savait – et elle avait continué :

– Quand j'étais arrivée dans le hall de l'aéroport, un homme en costume s'était avancé à ma rencontre. *Est-ce qu'il vous faut un moyen de transport ? Do you need a cab ? Wollen Sie ein Taxi ?* Il avait eu le temps de le dire encore dans deux langues supplémentaires avant que je n'articule : *Je ne sais pas – où je suis.* Je parlais du terminal. La dernière fois que j'avais pris un avion, c'était pour aller enterrer Art. Parce que, Lou, je déteste voler. C'était pour ça que Jude était parti à ma place à Santa Fe. *Je ne sais pas où je suis.* C'était seulement en le disant que j'avais compris. Je ne suis ni meilleure ni pire qu'une autre. Je suis une criminelle acceptable, comme chacun d'entre nous. L'homme m'avait répondu, inébranlable, comme si la vie l'avait placé là depuis toujours à m'attendre pour me livrer son unique réplique : *Vous êtes à Paris, France, et c'est le mois de mai.*

Ce sont les mots exacts enregistrés sur ma cassette – ses derniers mots. C'est ici que ce que je sais de Caroline N. Spacek s'arrête. Parce qu'après m'avoir dit ça, elle a fracassé sa tasse en la lançant dans ma direction avant de se mettre à crier et de me jeter dehors.

C'est la dernière fois que je l'ai vue. J'ai ramassé mes affaires en vitesse et refait en sens inverse le trajet que j'avais parcouru deux mois plus tôt, et j'ai pleuré sur toute la route, mais à la maison Piet m'attendait avec une bouteille de champagne au frais et nous avons eu de merveilleuses retrouvailles.

J'ai eu du mal à retrouver mes marques au début. J'avais changé. J'avais besoin de réfléchir. Je ne voulais même pas écouter mes bandes enregistrées, je n'étais pas encore prêt à entendre sa voix. J'ai fait toutes les recettes de pâtisserie qu'elle m'avait apprises, et Piet était très content, mais je ne pouvais pas avaler une bouchée. L'été me manquait. La maison me manquait. Le palmier du jardin me manquait. Et Caroline me manquait.

Alors quand, trois semaines plus tard, Piet a dû aller en Angleterre pour une vente, je l'ai supplié de m'emmener avec lui et de conduire jusqu'au Devon. Je n'avais pas beaucoup d'espoir, mais j'étais irrésistiblement aimanté. Je ne pouvais pas croire que tout puisse s'arrêter comme ça – que je puisse ne plus jamais la voir, ne plus jamais sentir son odeur, ni entendre ses pas sur le bois de la galerie.

En dépassant la propriété de Caroline en voiture, j'ai pu voir les fils barbelés électrifiés tendus tout autour du jardin où j'avais été si heureux, et les chiens, énormes, affamés, écrasés contre le métal des grilles. Alors je suis rentré à la maison avec Piet, j'ai ouvert ma boîte pleine de cassettes, et je me suis mis au travail.

Ouvrage réalisé par Cédric Cailhol Infographiste

Achevé d'imprimer en novembre 2013
par l'Imprimerie France Quercy à Mercuès.

Dépôt légal : janvier 2014
N° d'impression : 31666/

ISBN : 978-2-8126-0616-8

Imprimé en France